轻阅读 书系

自剖·翡冷翠的一夜

徐志摩 著

北方联合出版传媒(集团)股份有限公司
万卷出版公司

© 徐志摩 2015

图书在版编目（ＣＩＰ）数据

自剖·翡冷翠的一夜 / 徐志摩著. —— 沈阳：万卷
出版公司，2015.6（2023.5 重印）
（轻阅读）
ISBN 978-7-5470-3623-5

Ⅰ.①自… Ⅱ.①徐… Ⅲ.①散文集 – 中国 – 现代②
诗集 – 中国 – 现代 Ⅳ.① I216.2

中国版本图书馆 CIP 数据核字 (2015) 第 068797 号

出 品 人：王维良
出版发行：北方联合出版传媒（集团）股份有限公司
　　　　　万卷出版公司
　　　　　（地址：沈阳市和平区十一纬路 29 号　邮编：110003）
印 刷 者：三河市双升印务有限公司
经 销 者：全国新华书店
幅面尺寸：155mm×220mm
字　　数：180 千字
印　　张：16.75
出版时间：2015 年 6 月第 1 版
印刷时间：2023 年 5 月第 2 次印刷
责任编辑：胡　利
责任校对：张　莹
封面设计：王晓芳
内文制作：王晓芳
ISBN 978-7-5470-3623-5
定　　价：59.00 元
联系电话：024-23284090
传　　真：024-23284448

序　言

年少读书，老师总以"生而有涯，学而无涯"相勉励，意思是知识无限而人生有限，我们少年郎更得珍惜时光好好学习。后来读书多了，才知庄子的箴言还有后半句："以有涯随无涯，殆已！"顿感一代宗师的见识毕竟非一般学究夫子可比。

一代美学家、教育家朱光潜老先生也曾说："书是读不尽的，就读尽也是无用。"理由是"多读一本没有价值的书，便丧失可读一本有价值的书的时间和精力"，可见"英雄所见略同"。

当代人的生活节奏越来越快，很多人感慨抽出时间来读书俨然成为一种奢侈。既然我们能够用来读书的时间越来越宝贵，而且实际上也并非每本书都值得一读，那么如何从浩瀚的书海中挑出真正适合自己的好书，就成为一项重要且必不可少的工作。于是，我们编纂了这套"轻阅读"书系，希望以一愚之得为广大书友们做一些粗浅的筛选工作。

本辑"轻阅读"主要甄选的是民国诸位大师、文豪的著作，兼选了部分同一时期"西学东渐"引入国内的外国名著。我们之所以选择这个时期的作品作为我们这套书系的第一辑，原因几乎是不言而喻的——这个时期是中国学术史上一个大时代，只有春秋战国等少数几个时代可以与之媲美，而且这个时代创造或引进的思想、文化、学术、文学至今对当代人还有着深远的影响。

当然，己所欲者，强施于人也是不好的，我们无意去做一个惹人生厌的、给人"填鸭"的酸腐夫子。虽然我们相信，这里面的每一本书都能撼动您的心灵，启发您的思想，但我们更信任读者您的自主判断，这么一大套书系大可不必读尽。若是功力不够，勉强读尽只怕也难以调和、消化。崇敬慷慨激昂的闻一多的读者未必也欣赏郁达夫的颓废浪漫；听完《猛回头》《警世钟》等铿锵澎湃的革命号角，再来朗读《翡冷翠的一夜》等"吴侬软语"也不是一个味儿。

读书是一件惬意的事，强制约束大不如随心所欲。偷得浮生半日闲，泡一杯清茶，拉一把藤椅，在家中阳光最充足的所在静静地读一本好书，聆听过往大师们穿越时空的凌云舒语，岂不快哉？

周志云

目　录

自　剖

翡冷翠的一夜

猛虎集

云　游

自 剖

第一辑　自剖

自剖

　　我是个好动的人，每回我身体行动的时候，我的思想也仿佛就跟着跳荡。我作的诗，不论它们是怎样的"无聊"，有不少是在旅行期中想起的。我爱动，爱看动的事物，爱活泼的人，爱水，爱空中的飞鸟，爱车窗外掣过的田野山水。星光的闪动，草叶上露珠的颤动，花须在微风中的摇动，雷雨时云空的变动，大海中波涛的汹涌，都是在触动我感兴的情景。是动，不论是什么性质，就是我的兴趣，我的灵感。是动，就会催快我的呼吸，加添我的生命。

　　近来却大大地变样了。第一我自身的肢体，已不如原先灵活；我的心也同样地感受了不知是年岁还是什么拘絷。动的现象再不能给我欢喜，给我启示。先前我看着在阳光中闪烁的金波，就仿佛看见神仙宫阙——什么荒诞美丽的幻觉不在我的脑中一闪闪地掠过；现在不同了，阳光只是阳光，流波只是流波，任凭景色怎样的灿烂，再也照不化我的呆木的心灵。我的思想，如其偶尔有，也只似岩上的藤萝，贴着枯

自剖·翡冷翠的一夜

干的粗糙的石面，极困难地蜒着；颜色是苍黑的，姿态是倔
强的。

　　我自己也不懂得何以这变迁来得这样的兀突，这样的深
彻。原先我在人前自觉竟是一注的流泉，时时有飞沫，时时
有闪光；现在这泉眼，如其还在，仿佛是叫一块石板不留余
隙地给镇住了。我再没有先前那样蓬勃的情趣，每回我想说
话的时候，就觉着那石块的重压，怎么也掀不动，怎么也推
不开，结果只能自安沉默！"你再不用想什么了，你再没有
什么可想的了""你再不用开口了，你再没有什么话可说的
了"。我常觉得我沉闷的心府里有这样半嘲讽半吊唁的谆嘱。

　　说来我思想上或经验上也并不曾经受什么过分剧烈的戟
刺。我处境是向来顺的，现在，如其有不同，只是更顺了的。
那么为什么这变迁？远的不说，就比如我年前到欧洲去时的
心境：啊！我那时还不是一只初长毛角的野鹿？什么颜色不
激动我的视觉，什么香味不奋兴我的嗅觉？我记得我在意大
利写游记的时候，情绪是何等的活泼，兴趣何等的醇厚，一
路来眼见耳听心感的种种，哪一样不活栩栩地丛集在我的笔
端，争求充分的表现！如今呢？我这次到南方去，来回也有
一个多月的光景，这期内眼见耳听心感的事物该有不少。我
未动身前，又何尝不自喜此去又可以有机会饱餐西湖的风色，
邓尉的梅香——单提一两件最合我脾胃的事。有好多朋友也
曾期望我在这闲暇的假期中采集一点江南风趣，归来时，至
少也该带回一两篇爽口的诗文，给在北京泥土的空气中活命
的朋友们一些清醒的消遣。但在事实上不但在南方时我白瞪
着大眼，看天亮换天昏，又闭上了眼，拼天昏换天亮，一枝

秃笔跟着我涉海去，又跟着我涉海回来，正如岩洞里的一根石笋，压根儿就没一点摇动的消息；就在我回京后这十来天，任凭朋友们怎样的催促，自己良心怎样的责备，我的笔尖上还是滴不出一点墨汁来。我也曾勉强想想，勉强想写，但到底还是白费！可怕是这心灵骤然的呆顿。完全死了不成？我自己的疑惑。

说来是时局也许有关系。我到京几天就逢着空前的血案。五卅事件发生时我正在意大利山中，采茉莉花编花篮儿玩，翡冷翠山中只见明星与流萤的交唤，花香与山色的温存，俗氛是吹不到的。直到七月间到了伦敦我才理会国内风光的惨淡，等到我赶回来时，设想中的激昂，又早变成了明日黄花，看得见的痕迹只有满城黄墙上墨彩斑斓的"泣告"！

这回却不同，屠杀的事实不仅是在我住的城子里发现，我有时竟觉得是我自己的灵府里的一个惨象。杀死的不仅是青年们的生命，我自己的思想也仿佛遭着了致命的打击，好比是国务院前的断头残肢，再也不能回复生动与连贯。但深刻的难受在我是无名的，是不能完全解释的。这回事变的奇惨性引起愤慨与悲切是一件事，但同时我们也知道在这根本起变态作用的社会里，什么怪诞的情形都是可能的。屠杀无辜，还不是年来最平常的现象。自从内战纠结以来，在受战祸的区域内，哪一处村落不曾分到过遭奸污的女性、屠残的骨肉、供牺牲的生命财产？这无非是给冤氛团结的地面上多添一团更集中更鲜艳的怨毒。再说那一个民族的解放史能不浓浓地染着 Martyrs 的腔血？只要我们有识力认定、有胆量实行，我们理想中的革命，这回羔羊的血就不会是白涂的。所

自剖·翡冷翠的一夜

以我个人的沉闷决不完全是这回惨案引起的感情作用。

爱和平是我的生性。在怨毒、猜忌、残杀的空气中，我的神经每每感受一种不可名状的压迫。记得前年奉直战争时我过的那日子简直是一团黑漆，每晚更深时，独自抱着脑壳伏在书桌上受罪，仿佛整个时代的沉闷盖在我的头顶——直到写下了《毒药》那几首不成形的咒诅诗以后，我心头的紧张才渐渐地缓和下去。这回又有同样的情形；只觉着烦，只觉着闷，感想来时只是破碎，笔头只是笨滞。结果身体也不会畅，像是蜡油涂抹了全身毛窍似的难过，一天过去了又是一天，我这里又在重演更深独坐箍紧脑壳的姿势，窗外皎洁的月光，分明是在嘲讽我内心的枯窘！

不，我还得往更深处挖。我不能叫这时局来替我思想骤然的呆顿负责，我得往我自己生活的底里找去。

平常有几种原因可以影响我们的心灵活动。实际生活的牵制可以划去我们心灵所需要的闲暇，积成一种压迫。在某种热烈的想望不曾得满足时，我们感觉精神上的闷与焦躁，失望更是颠覆内心平衡的一个大原因；较剧烈的种类可以麻痹我们的灵智，淹没我们的理性。但这些都合不上我的病源；因为我在实际生活里已经得到十分的幸运，我的潜在意识里，我敢说不该有什么压着的欲望在作怪。

但是在实际上反过来看另有一种情形可以阻塞或是减少你心灵的活动。我们知道舒服、健康、幸福，是人生的目标，我们因此推想我们痛苦的起点是在望见那些目标而得不到的时候。我们常听人说"假如我像某人那样生活无忧我一定可以好好地做事，不比现在整天的精神全花在琐碎的烦恼上。"
我们又听说"我不能做事就为身体太坏，若是精神来得，那
就……"我们又常常设想幸福的境界，我们想"只要有一个
意中人在跟前那我一定奋发，什么事做不到！"但是不，在
事实上，舒服、健康、幸福，不但不一定是帮助或奖励心灵
生活的条件，它们有时正得相反的效果。我们看不起有钱人，
在社会上得意的人，肌肉过分发达的运动家，也正在此；至
于年少人幻想中的美满幸福，我敢说等得当真有了红袖添香，
你的书也就读不出所以然来，且不说什么在学问上或艺术上
更认真地工作。

那么生活的满足是我的病源吗？

"在先前的日子"，一个真知我的朋友，就说："正为是
你生活不得平衡，正为你有欲望不得满足，你的压在内里的
Libido 就形成一种升华的现象，结果你就借文学来发泄你生
理上的郁结，（你不常说你从事文学是一件不预期的事吗？）；
这情形又容易在你的意识里形成一种虚幻的希望，因为你的
写作得到一部分赞许，你就自以为确有相当创作的天赋以及
独立思想的能力。但你只是自冤自，实在你并没有什么超人
一等的天赋，你的设想多半是虚荣，你以前的成绩只是升华
的结果。所以现在等得你生活换了样，感情上有了安顿，你
就发现你向来写作的来源顿呈萎缩甚至枯竭的现象；而你又
不愿意承认这情形的实在，妄想到你身子以外去找你思想枯
窘的原因，所以你就不由得感到深刻的烦闷。你只是对你自
己生气，不甘心承认你自己的本相。不，你原来并没有三头
六臂的！

自剖·翡冷翠的一夜

"你对文艺并没有真兴趣，对学问并没有真热心。你本来没有什么更高的志愿，除了相当合理的生活，你只配安分做一个平常人，享你命里注定的'幸福'；在事业界，在文艺创作界，在学问界内，全没有你的位置，你真的没有那能耐。不信你只要自问在你心里的心里有没有那无形的'推力'，整天整夜地恼着你，逼着你，督着你，放开实际生活的全部，单望着不可捉摸的创作境界里去冒险？是的，顶明显的关键就是那无形的推力或是冲动（The Impulse），没有它人类就没有科学，没有文学，没有艺术，没有一切超越功利实用性质的创作。你知道在国外（国内当然也有，许没那样多）有多少人被这无形的推力驱使着，在实际生活中变成一种离魂病性质的变态动物，不但人间所有的虚荣永远沾不上他们的思想，就连维持生命的睡眠饮食，在他们都失了重要，他们全部的心力只是在他们那无形的推力所指示的特殊方向上集中应用。怪不得有人说天才是疯癫，我们在巴黎伦敦不就到处碰得着这类怪人？如其他是一个美术家，恼着他的就只怎样可以完全表现他那理想中的形体；一个线条的准确，某种色彩的调谐，在他会得比他生身父母的生死与国家的存亡更重要，更迫切，更要求注意。我们知道专门学者有终身掘坟墓的，研究蚊虫生理的，观察亿万万里外一个星的动定的。并且他们决不问社会对于他们的劳力有否任何的认识，那就是虚荣的进路；他们是被一点无形的推力的魔鬼蛊定了的。

"这是关于文艺创作的话。你自问有没有这种情形。你也许经验过什么'灵感'，那也许有，但你却不要把刹那误认作永久的，虚幻认作真实。至于说思想与真实学问的话，那也得背后有一种推力，方向也许不同，性质还是不变。做学问你得有原动的好奇心，得有天然热情和态度去做求知识的功夫。真思想家的准备，除了特强的理智，还得有一种原动的信仰；信仰或寻求信仰，是一切思想的出发点，极端的怀疑派思想也只是期望重新位置信仰的一种努力。从古来没有一个思想家不是宗教性的。在他们，各按各的倾向，一切人生的和理智的问题是实在有的；神的有无，善与恶，本体问题，认识问题，意志自由问题，在他们看来都是含逼迫性的现象，要求合理的解答——比山岭的崇高、水的流动、爱的甜蜜更真，更实在，更耸动。他们的一点心灵，就永远在他们设想的一种或多种问题的周围飞舞、旋绕，正如灯蛾之于火焰：牺牲自身来贯彻火焰中心的秘密，是他们共有的决心。

　　"这种惨烈的情形，你怕也没有吧？我不说你的心幕上就没有思想的影子；但它们怕只是虚影，像水面上的云影，云过影子就跟着消散，不是石上的留痕越日久越深刻。

　　"这样说下来，你倒可以安心了！因为个人最大的悲剧是设想一个虚无的境界来谎骗你自己；骗不到底的时候你就得忍受'幻灭'的莫大的苦痛。与其那样，还不如及早认清自己的深浅，不要把不必要的负担，放上支撑不住的肩背，压坏你自己，还难免旁人的笑话！朋友，不要迷了，定下心来享你现成的福分吧。思想不是你的分，文艺创作不是你的分，独立的事业更不是你的分！天生扛了重担来的那也没法想（哪一个天才不是活受罪！）。你是原来轻松的，这是多可羡慕、多可贺喜的一个发现！算了吧，朋友！"

三月二十五至四月一日

自剖·翡冷翠的一夜

再剖

　　你们知道喝醉了想吐吐不出或是吐不爽快的难受不是？
这就是我现在的苦恼；肠胃里一阵阵地作恶，腥腻从食道里
往上泛，但这喉关偏跟你别扭，它捏住你，逼住你，逗着
你——不，它且不给你痛快哪！前天那篇《自剖》，就比是哇
出来的几口苦水，过后只是更难受，更觉着往上冒。我告你
我想要怎么样。我要孤寂：要一个静极了的地方——森林的
中心，山洞里，牢狱的暗室里——再没有外界的影响来逼迫
或引诱你的分心，再不须计较旁人的意见，喝彩或是嘲笑；当
前唯一的对象是你自己：你的思想，你的感情，你的本性。那
时它们再不会躲避，不会隐遁，不会装作；赤裸裸地听凭你察
看，检验，审问。你可以放胆解去你最后的一缕遮盖，袒露你
最自怜的创伤，最掩讳的私亵。那才是你痛快一吐的机会。

　　但我现在的生活情形不容我有那样一个时机。白天太忙
（在人前一个人的灵性永远是蜷在壳内的蜗牛），到夜间，比
如此刻静是静了，人可又倦了，惦着明天的事情又不得不早

些休息。啊，我真羡慕我台上放着那块唐砖上的佛像，他在他的莲台上瞑目坐着，什么都摇不动他那入定的圆澄。我们只是在烦恼网里过日子的众生，怎敢企望那光明无碍的境界！有鞭子下来，我们躲；见好吃的，我们垂涎；听声响，我们着忙；逢着痛痒，我们着恼。我们是鼠，是狗，是刺猬，是天上星星与地上泥土间爬着的虫。哪里有工夫，即使你有心想亲近你自己，那里有机会，即使你想痛快地一吐？

前几天也不知无形中经过几度挣扎，才呕出那几口苦水，这在我虽则难受还是照旧，但多少总算是发泄。事后我私下觉着愧悔。因为我不该拿我一己苦闷的骨鲠，强读者们陪着我吞咽。是苦水就不免熏蒸的恶味。我承认这完全是我自私的行为，不敢望恕的。我唯一的解嘲是这几口苦水的确是从我自己的肠胃里呕出——不是去脏水桶里舀来的。我不曾期望同情，我只要朋友们认识我的深浅——（我的浅？）我最怕朋友们的容宠容易形成一种虚拟的期望；我这操刀自剖的一个目的，就在及早解卸我本不该扛上的担负。

是的，我还得往底里挖，往更深处剖。

最初我来编辑副刊，我有一个心愿，我想把我自己整个儿交给能容纳我的读者们，我心目中的读者们，说实话，就只这时代的青年。我觉着只有青年们的心窝里有容我的空隙，我要偎着他们的热血，听他们的脉搏。我要在我自己的情感里发见他们的情感，在我自己的思想里反映他们的思想。假如编辑的意义只是选稿，配版，付印，拉稿，那还不如去做银行的伙计——有出息得多。我接受编辑《晨报·副刊》的机会，就为这不单是机械性的一种任务。（感谢《晨报》主人

自剖·翡冷翠的一夜

的信任与容忍）《晨报》变成了我的喇叭，从这管口里我有自由吹弄我古怪的不调谐的音调。它是我的镜子，在这平面上描画出我古怪的不调谐的形状。我也决不掩讳我的原形：我就是我。记得我第一次与读者们相见，就是一篇供状。我的经过，我的深浅，我的偏见，我的希望，我都曾经再三地声明，怕是你们早听厌了。但初起我有一种期望是真的——期望我自己。也不知那时间为什么原因我竟有那活灵灵的一副勇气。我宣言我自己跳进了这现实的世界，存心想来对准人生的面目认他一个仔细。我信我自己的热心（不是知识）多少可以给我一些对敌力量的。我想拼这一天，把我的血肉与灵魂，放进这现实世界的磨盘里去挨，锯齿下去拉——我就要尝那味儿！只有这样，我想，才可以期望我主办的刊物多少是一个有生命气息的东西；才可以期望在作者与读者间发生一种活的关系；才可以期望读者们觉着这一长条报纸与黑的字印的背后，的确至少有一个活着的人与一颗动着的心，他的把握是在你的腕上，他的呼吸吹在你的脸上，他的欢喜、他的惆怅、他的迷惑、他的伤悲就比是你自己的，的确是从一个可认识的主体上发出来的变化——是站在台上人的姿态——不是投射在白幕上的虚影。

并且我当初也并不是没有我的信念与理想。我有崇拜的德性，有我信仰的原则，有我爱护的事物，也有我痛疾的事物，往理性的方向走，往爱心与同情的方向走，往光明的方向走，往真的方向走，往健康快乐的方向走，往生命，更多更大更高的生命方向走——这是我那时的一点"赤子心"。我恨的是这时代的病象，什么都是病象：猜忌，诡诈，小巧，倾轧，挑拨，残杀，互杀，自杀，忧愁，虚伪，肮脏。我不是医生，不会治病；我就有一双手，趁它们活灵的时候，我想，或许可以替这时代打开几扇窗，多少让空气流通些，浊的毒性的出去，清醒的洁净的进来。

但紧接着我的狂妄的招摇，我最敬畏的一个前辈（看了我的《吊刘叔和》文）就给我当头一棒——

  ……既立意来办报而且郑重宣言"决意改变我对人的态度"，那么自己的思想就得先磨冶一番。不能单凭主觉，随便说了就算完事。迎上前去，不要又退了回来！一时的兴奋，是无用的，说话越觉得响亮起劲，跳踯有力，其实即是内心的虚弱，何况说出衰颓懊丧的语气，叫一般青年看了，更给他们以可怕的影响，似乎不是志摩这番挺身出马的本意！……

"迎上前去，不要又退了回来！"这一喝这几个月来就没有一天不在我"虚弱的内心"里回响。实际上自从我喊出"迎上前去"以后，即使不曾撑开了往后退，至少我自己觉不得我的脚步曾经向前挪动。今天我再不能容我自己这梦梦地下去。算清亏欠，在还算得清的时候，总比窝着浑着强。我不能不自剖。冒着"说出衰颓懊丧的语气"的危险，我不能不利用这反省的锋刃，劈去纠着我心身的累赘、淤积，或许这来倒有自我真得解放的希望！

想来这做人真是奥妙，我信我们的生活至少是复性的。看得见、觉得着的生活是我们的显明的生活，但同时另有一

自剖·翡冷翠的一夜

种生活，跟着知识的开豁逐渐胚胎，成形，活动，最后支配前一种的生活。就比是我们投在地上的身影，跟着光亮的增加渐渐由模糊化成清晰，形体是不可捉的，但它自有它的奥妙的存在，你动它跟着动，你不动它跟着不动。在实际生活的匆遽中，我们不易辨认另一种无形的生活的并存，正如我们在阴地里不见我们的影子；但到了某时候某境地忽地发见了它，不容否认地踵接着你的脚跟，比如你晚间步月时发现你自己的身影。它是你的性灵的或精神的生活。你觉到你有超实际生活的性灵生活的俄顷，是你一生的一个大关键！你或许到极迟才觉悟（有人一辈子不得机会），但你实际生活中的经历、动作、思想，没有一丝一屑不同时在你那跟着长成的性灵生活中留着"对号的存根"，正如你的影子不放过你的一举一动，虽则你不注意到或看不见。

我这时候就比是一个人初次发见他有影子的情形。惊骇、讶异、迷惑、耸悚、猜疑、恍惚同时并起，在这辨认你自身另有一个存在的时候，我这辈子只是在生活的道上盲目地前冲，一时踹入一个泥潭，一时踏折一枝草花，只是这无目的地奔驰；从哪里来，向哪里去，现在在哪里，该怎么走，这些根本的问题却从不曾到我的心上。但这时候突然地，恍然地我惊觉了。仿佛是一向跟着我形体奔波的影子忽然阻住了我的前路，责问我这匆匆的究竟是为什么！

一种新意识的诞生。这来我再不能盲冲，我至少得认明来踪与去迹，该怎样走法如其有目的地，该怎样准备如其前程还在遥远？

啊，我何尝愿意吞这果子，早知有这么多的麻烦！现在我第一要考察明白的是这"我"究竟是怎么一回事；然后再决定掉落在这生活道上的"我"的赶路方法。以前种种动作是没有这新意识做主宰的；此后，什么都得由它。

四月五日

自剖·翡冷翠的一夜

求医

To understand that the sky is everywhere blue, it is not necessary to have travelled all round the world.

——Goethe

新近有一个老朋友来看我，在我寓里住了好几天，彼此好久没有机会谈天，偶尔通信也只泛泛的；他只从旁人的传说中听到我生活的梗概，又从他所听到的推想及我更深一层的生活的大致。他早把我看作"丢了"。谁说空闲时间不能离间朋友间的相知？但这一次彼此又捡起了，理清了早年息息相通的线索，这是一个愉快！单说一件事：他看看我四月间副刊上的两篇《自剖》，他说他也有文章做了，他要写一篇《剖志摩的自剖》。他却不曾写，我几次逼问他，他说一定在离京前交卷。有一天他居然谢绝了约会，躲在房子里装病，想试他那柄解剖的刀，晚上见他的时候，他文章不曾做起；脸上倒真的有了病容！"不成功，"他说，"不要说剖，我这把刀，即使有，早就在刀鞘里锈住了，我怎么也拉它不出来！

我倒自己发生了恐怖，这回回去非发奋不可。"打了全军覆没的大败仗回来的，也没有他那晚谈话时的沮丧！

但他这来还是帮了我的忙；我们俩连着四五晚通宵的谈话，在我至少感到了莫大的安慰。我的朋友正是那一类人，说话是绝对不敏捷的，他那永远茫然的神情与偶尔激出来几句话，在当时极易招笑，但在事后往往透出极深刻的意义，在听着的人的心上不易磨灭的，别看他说话的外貌乱石似的粗糙，它那核心里往往藏着直觉的纯朴。他是那一类的朋友，他那不浮夸的同情心在无形中启发你思想的活动，引逗你心灵深处的"解严"；"你尽量披露你自己"，他仿佛说，"在这里你没有被误解的恐怖。"我们俩的谈话是极不平等的：十分里有九分半的时光是我占据的，他只贡献简短的评语，有时修正，有时赞许，有时引申我的意思；但他是一个理想的"听者"，他能尽量地容受，不论对面来的是细流或是大水。

我的自剖文不是解嘲体的闲文，那是我个人真的感到绝望的呼声。"这篇文章是值得写的，"我的朋友说，"因为你这来冷酷地操刀，无顾恋地劈剖你自己的思想，你至少摸着了现代的意识的一角；你剖的不仅是你，我也叫你剖着了，正如葛德说的'要知道天到处是碧蓝，并用不着到全世界去绕行一周'。你还得往更深处剖，难得你有勇气下手；你还得如你说的，犯着恶心呕苦水似的呕，这时代的意识是完全叫种种相冲突的价值的尖刺给交占住，支离了缠昏了的，你希冀回复清醒与健康先得清理你的外邪与内热。至于你自己，因为发现病象而就放弃希望，当然是不对的；我可以替你开方。你现在需要的没有别的，你只要多多地睡！休息，休养，到

自剖·翡冷翠的一夜

· 17 ·

时候你自会强壮。我是开口就会牵到歌德的，你不要笑；歌德就是懂得睡的秘密的一个。他每回觉得他的创作活动有退潮的趋向，他就上床去睡，真的放平了身子地睡，不是喻言，直到精神回复了，一线新来的波澜逼着他再来一次发疯似的创作。你近来的沉闷，在我看，也只是内心需要休息的符号。正如潮水有涨落的现象，我们劳心的也不免同样受这自然律的支配，你怎么也不该挫气，你正应得利用这时期；休息不是工作的断绝，它是消极的活动；这正是你吸新营养取得新生机的机会。听凭地面上风吹得怎样尖厉，霜盖得怎么严密，你只要安心在泥土里等着，不愁到时候没有再来一次爆发的惊喜。"

这是他开给我的药方，后来他又跟别的朋友谈起，他说我的病——如其是病——有两味药可医，一是"隐居"，一是"上帝"。烦闷是起源于精神不得充分地怡养；烦嚣的生活是劳心人最致命的伤，离开了就有办法，最好是去山林静僻处躲起。但这环境的改变，虽则重要，还只是消极的一面；为要启发性灵，一个人还得积极地寻求。比性爱更超越更不可摇动的一个精神的寄托——他得自动去发现他的上帝。

上帝这味药是不易配得的。我们姑且放开在一边（虽则我们不能因祂字面的兀突就忽略祂的深刻的含义，那就是说这时代的苦闷现象隐示一种渐次形成宗教性大运动的趋向）；暂时脱离现社会去另谋隐居生活那味药，在我不但在事实上有要得到的可能，并且正合我新近一天迫似一天的私愿，我不能不计较一下。

我们都是在生活的蜘网中胶住了的细虫，有的还在勉强挣扎，大多数是早已没了生气，只当着风来吹动网丝的时候顶可怜相地晃动着，多经历一天人事，做人不自由的感觉也跟着真似一天。人事上的关联一天加密一天，理想的生活上的依据反而一天远似一天，尽是这飘忽忽的，仿佛是一块石子在一个无底的深潭中无穷无尽地往下坠着似的——有到底的一天吗，天知道！实际的生活逼得越紧，理想的生活宕得越空，你这空手仆仆的不"丢"怎么着？你睁开眼来看看，见着的只是一个悲惨的世界，我们这倒运的民族眼下只有两种人可分，一种是在死的边沿过活的，又一种简直是在死里面过活的：你不能不发悲心不是，可是你有什么能耐能抵挡这普遍"死化"的凶潮，太凄惨了呀这"人道的幽微的悲切的音乐"！那么你闭上眼吧，你只是发现另一个悲惨的世界：你的感情，你的思想，你的意志，你的经验，你的理想，有哪一样调谐的，有哪一样容许你安舒的？你想要——但是你的力量？你仿佛是掉落在一个井里，四边全是光油油不可攀缘的陡壁，你怎么想上得来？就我个人说，所谓教育只是"画皮"的勾当，我何尝得到一点真的知识？说经验吧，不错，我也曾进货似的运得一部分的经验，但这都是硬性的，杂乱的，不经受意识渗透的；经验自经验，我自我，这一屋子满满的生客只使主人觉得迷惑，慌张，害怕。不，我不但不曾"找到"我自己；我竟疑心我是"丢"定了的。曼殊斐儿[1]在她的日记里写——

我不是晶莹的透澈。

我什么都不愿意的。全是灰色的；重的；闷的……

[1]　Mansfield 全书 Katherine Mansfield 今译凯瑟琳·曼斯菲尔德，新西兰作家。

我要生活，这话怎么讲？单说是太易了。可是你有什么法子？

所有我写下的，所有我的生活，全是在海水的边沿上。这仿佛是一种玩意。我想把我所有的力量全给放上去，但不知怎的我做不到。

前这几天，最使人注意的是蓝的色彩。蓝的天，蓝的山——一切都是神异的蓝！……但深黄昏的时刻才真是时光的时光。当着那时候，面前放着非人间的美景，你不难领会到你应分走的道儿有多远。珍重你的笔，得不辜负那上升的明月，那白的天光。你得够"简洁"的，正如你在上帝跟前的简洁。

我方才细心地刷净收拾我的水笔。下回它再要是漏，那它就不够格儿！

我觉得我总不能给我自己一个沉思的机会，我正需要那个。我觉得我的心地不够清白，不谦卑，不兴。这底里的渣子新近又漾了起来。我对着山看，我见着的就是山。说实话，我念不相干的书……不经心，随意？是的，就是这情形。心思乱，含糊，不积极，尤其是躲懒，不够用功——白费时光。我早就这么喊着——现在还是这呼声。为什么这么阑珊的，你？啊，究竟为什么？

我一定得再发奋一次，我得重新来过。我再来写一定得简洁地，充实地，自由地写，从我心坎里出来的。平心静气的，不问成功或是失败，就这往前去做去。但是这回得下决心了！尤其得跟生活接近。跟这天，这月，这些星，这些冷落的坦白的高山。

"我要是身体健康"，曼殊斐儿在又一处写，"我就一个人跑到一个地方去，在一株树下坐着去。"她这苦痛的企求内心的莹彻与生活的调谐，哪一个字不在我此时比她更"散漫，含糊，不积极"的心境里引起同情的回响！啊，谁不这样想：我要是能，我一定跑到一个地方，在一株树下坐着去。但是你能吗？

自剖·翡冷翠的一夜

想飞

假如这时候窗子外有雪——街上，城墙上，屋脊上，都是雪，胡同口一家屋檐下偎着一个戴黑兜帽的巡警，半拢着睡眼，看棉团似的雪花在半空中跳着玩……假如这是夜，是一个深极了的夜，不是壁上挂钟的时针指示给我们看的深夜，这深就比是一个山洞的深，一个往下钻螺旋形的山洞的深……

假如我能有这样一个深夜，它那无底的阴森捻起我遍体的毫管；再能有窗子外不住往下筛的雪，筛淡了远近间扬动的市谣，筛泯了在泥道上挣扎的车轮，筛灭了脑壳中不妥协的潜流……

我要那深，我要那静。那在树荫浓密处躲着的夜鹰，轻易不敢在天光还在照亮时出来睁眼。思想，它也得等。

青天里有一点子黑的，正冲着太阳耀眼，望不真，你把手遮着眼，对着那两株树缝里瞧，黑的，有橙子来大，不，有桃子来大——嘿，又移着往西了！

我们吃了中饭出来到海边去。（这是英国康槐尔[①]极南的一角，三面是大西洋。）勘丽丽的叫响从我们的脚底下匀匀地往上颤，齐着腰，到了肩高，过了头顶，高入了云，高出了云。啊！你能不能把一种急震的乐音想成一阵光明的细雨，从蓝天里冲着这平铺着青绿的地面不住地下？不，那雨点都是跳舞的小脚，安琪儿的。云雀们也吃过了饭，离开了它们卑微的地巢飞往高处做工去。上帝给它们的工作，替上帝做的工作。瞧着，这儿一只，那边又起了两只！一起就冲着天顶飞，小翅膀活动得多快活，圆圆的，不踌躇地飞——它们就认识青天。一起就开口唱，小嗓子活动得多快活，一颗颗小圆珠子直往外唾，亮亮地唾，脆脆地唾——它们赞美的是青天。瞧着，这飞得多高，有豆子大，有芝麻大，黑剌剌的一屑，直顶着无底的天顶细细地摇，——这全看不见了，影子都没了！但这光明的细雨还是不住地下着……

飞。"其翼若垂天之云……背负苍天，而莫之夭阏者"；那不容易见着。我们镇上东关厢外有一座黄泥山，山顶上有一座七层的塔，塔尖顶着天。塔院里常常打钟，钟声响动时，那在太阳西晒的时候多，一枝艳艳的大红花贴在西山的鬓边回照着塔山上的云彩——钟声响动时，绕着塔顶尖，摩着塔顶天，穿着塔顶云，有一只两只，有时三只四只，有时五只六只蜷着爪往地面瞧的"饿老鹰"，撑开了它们灰苍苍的大翅膀没挂恋似的在盘旋，在半空中浮着，在晚风中泅着，仿佛是按着塔院钟的波荡来练习圆舞似的。那是我做孩子时的"大鹏"。有时好天抬头不见一瓣云的时候听着虓忧忧地叫响，我

① Cornwall，今译康沃尔，英国郡名，1995 年变更为康沃尔和锡利群岛郡。

们就知道那是宝塔上的饿老鹰寻食吃来了，这一想象半天里秃顶圆睛的英雄，我们背上的小翅膀骨上就豁出了一锉锉铁刷似的羽毛，摇起来呼呼响的，只一摆就冲出了书房门，钻入了玳瑁镶边的白云里玩儿去，谁耐烦站在先生书桌前晃着身子背早上上的多难背的书！啊，飞！不是那在树枝上矮矮的跳着的麻雀儿的飞；不是那凑天黑从堂庑后背冲出来赶蚊子吃的蝙蝠的飞；也不是那软尾巴软嗓子做窠在堂檐上的燕子的飞。要飞就得满天飞，风拦不住云挡不住地飞，一展翅膀就跳过一座山头，影子下来遮得阴二十亩稻田的飞，到天晚飞倦了就来绕着那塔顶尖顺着风向打圆圈做梦……听说饿老鹰会抓小鸡！

飞。人们原来都是会飞的。天使们有翅膀，会飞，我们初来时也有翅膀，会飞。我们最初来就是飞来的，有的做完了事还是飞了去，他们是可羡慕的。但大多数人是忘了飞的，有的翅膀上掉了毛不长再也飞不起来，有的翅膀叫胶水给胶住了再也拉不开，有的羽毛叫人给修短了像鸽子似的只会在地上跳，有的拿背上一对翅膀上当铺去典钱使过了期再也赎不回……真的，我们一过了做孩子的日子就掉了飞的本领。但没了翅膀或是翅膀坏了不能用是一件可怕的事。因为你再也飞不回去，你蹲在地上呆望着飞不上去的天，看旁人有福气地一程一程地在青云里逍遥，那多可怜。而且翅膀又不比是你脚上的鞋，穿烂了可以再问妈要一双去，翅膀可不成，折了一根毛就是一根，没法给补的。还有，单顾着你翅膀也还不定规到时候能飞，你这身子要是不谨慎养太肥了，翅膀力量小再也托不起，也是一样难不是？一对小翅膀驮不起一个胖肚子，那情形多可笑！到时候你听人家高声地招呼说，朋友，回去罢，趁这天还有紫色的光，你听他们的翅膀在半空中沙沙地摇响，朵朵的春云跳过来拥着他们的肩背，望着最光明的来处翩翩的，冉冉的，轻烟似的化出了你的视域，像云雀似的只留下一泻光明的骤雨——Thou art unseen, but yet I hear thy shrill delight——那你，独自在泥涂里淹着，够多难受，够多懊恼，够多寒碜！趁早留神你的翅膀，朋友。

是人没有不想飞的。老是在这地面上爬着够多厌烦，不说别的。飞出这圈子，飞出这圈子！到云端里去，到云端里去！哪个心里不成天千百遍地这么想！飞上天空去浮着，看地球这弹丸在太空里滚着，从陆地看到海，从海再看回陆地。凌空去看一个明白——这才是做人的趣味，做人的权威，做人的交代。这皮囊要是太重挪不动，就掷了它，可能的话，飞出这圈子，飞出这圈子！

人类初发明用石器的时候，已经想长翅膀，想飞。原人洞壁上画的四不像，它的背上捎着翅膀；拿着弓箭赶野兽的，他那肩背上也给安了翅膀。小爱神是有一对粉嫩的肉翅的。挨开拉斯（Icarus）[1]是人类飞行史里第一个英雄，第一次牺牲，安琪儿（那是理想化的人）第一个标记是帮助他们飞行的翅膀。那也有沿革——你看西洋画上的表现。最初像是一对小精致的令旗，蝴蝶似的粘在安琪儿们的背上，像真的，不灵动的。渐渐地翅膀长大了，地位安准了，毛羽丰满了。画图上的天使们长上了真的可能的翅膀。人类初次实现了翅膀的观念，彻悟了飞行的意义。挨开拉斯闪不死的灵魂，回来投生又投生。人类最大的使命，是制造翅膀，最大的成功是飞！

---

[1]　今译伊卡洛斯。

自剖·翡冷翠的一夜

理想的极度，想象的止境，从人到神！诗是翅膀上出世的，哲理是在空中盘旋的。飞：超脱一切，笼盖一切，扫荡一切，吞吐一切。

你上那边山峰顶上试去，要是渡不到这边山峰上，你就得到这万丈的深渊里去找你的葬身之地！"这人形的鸟会有一天试他第一次的飞行，给这世界惊骇，使所有的著作赞美，给他所从来的栖息处永久的光荣。"啊达文謇！

但是飞？自从挨开拉斯以来，人类的工作是制造翅膀，还是束缚翅膀？这翅膀，承上了文明的重量，还能飞吗？都是飞了来的，还都能飞了去吗？钳住了，烙住了，压住了——这人形的鸟会有试他第一次飞行的一天吗？……

同时天上那一点子黑的已经迫近在我头顶，形成了一架鸟形的机器，忽的机沿一侧，一球光直往下注，砰的一声炸响——炸碎了我在飞行中的幻想，青天里平添了几堆破碎的浮云。

十四—十六日

"迎上前去"

这回我不撒谎，不打隐谜，不唱反调，不来烘托；我要说几句至少我自己信得过的话，我要痛快地招认我自己的虚实，我愿意把我的花押画在这张供状的末尾。

我要求你们大量的容许，准我在我第一天接手《晨报·副刊》的时候，介绍我自己，解释我自己，鼓励我自己。

我相信真的理想主义者是受得住眼看他往常保持着的理想煨成灰，碎成断片，烂成泥，在这灰这断片这泥的底里他再来发现他更伟大更光明的理想。我就是这样的一个。

只有信生病是荣耀的人们才来不知耻地高声嚷痛，这时候他听着有脚步声，他以为有帮助他的人向着他来，谁知是他自己的灵性离了他去！真有志气的病人，在不能自己豁脱苦痛的时候，宁可死休，不来忍受医药与慈善的侮辱。我又是这样的一个。

我们在这生命里到处碰头失望，连续遭逢"幻灭"，头顶只见乌云，地下满是黑影；同时我们的年岁，病痛，工作，

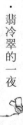

自剖·翡冷翠的一夜

· 27 ·

习惯，恶狠狠地压上我们的肩背，一天重似一天，在无形中嘲讽地呼喝着，"倒，倒，你这不量力的蠢材！"因此你看这满路的倒尸，有全死的，有半死的，有爬着挣扎的，有默无声息的……嘿！生命这十字架，有几个人扛得起来？

但生命还不是顶重的担负，比生命更重实更压得死人的是思想那十字架。人类心灵的历史里能有几个天成的孟贲乌育①？在思想可怕的战场上我们就只有数得清有限的几具光荣的尸体。我不敢非分地自夸；我不够狂，不够妄。我认识我自己力量的止境，但我却不能制止我看了这时候国内思想界萎瘪现象的愤懑与羞恶。我要一把抓住这时代的脑袋，问他要一点真思想的精神给我看看——不是借来的税来的冒来的描来的东西，不是纸糊的老虎，摇头的傀儡，蜘蛛网幕面的偶像；我要的是筋骨里迸出来，血液里激出来，性灵里跳出来，生命里震荡出来的真纯的思想。我不来问他要，是我的懦怯；他拿不出来给我看，是他的耻辱。朋友，我要你选定一边，假如你不能站在我的对面，拿出我要的东西来给我看，你就得站在我这一边，帮着我对这时代挑战。

我预料有人笑骂我的大话。是的，大话。我正嫌这年头的话太小了，我们是得造一个比小更小的字来形容这年头听着的说话，写下印成的文字；我们得请一个想象力细致如史魏夫脱（Dean Swift）的来描写那些说小话的小口，说尖话的尖嘴。一大群的食蚁兽！他们最大的快乐是忙着他们的尖喙在泥土里垦寻细微的蚂蚁。蚂蚁是吃不完的，同时这可笑的

① 孟贲，战国时期著名勇士；乌获，战国时期大力士；夏育，周朝时期大力士。

尖嘴却益发不住地向尖的方向进化，小心再隔几代连蚂蚁这食料都显太大了！

我不来谈学问，我不配，我书本的知识是真的十二分的有限。年轻的时候我念过几本极普通的中国书，这几年不但没有知新，温故都说不上，我实在是固陋，但却抱定孔子的一句话"知之为知之，不知为不知，是知也"，决不来强不知为知；我并不看不起国学与研究国学的学者，我十二分尊敬他们，只是这部分的工作只能艳羡地看他们去做，我自己恐怕不但今天，竟许这辈子都没希望参加的了。外国书呢？看过的书虽则有几本，但是真说得上"我看过的"能有多少，说多一点，三两篇戏，十来首诗，五六篇文章，不过这样了吧。

科学我是不懂的，我不曾受过正式的训练；最简单的物理化学，都说不明白，我要是不预备就去考中学校，十分里有九分是落第，你信不信！天上我只认识几颗大星，地上几棵大树；这也不是先生教我的；从先生那里学来的，十几年学校教育给我的，究竟有些什么，我实在想不起，说不上，我记得的只是几个教授可笑的嘴脸与课堂里强烈的催眠的空气。

我人事的经验与知识也是同样的有限，我不曾做过工；我不曾尝味过生活的艰难，不曾打过仗，不曾坐过监，不曾进过什么秘密党，不曾杀过人，不曾做过买卖，发过一个大的财。

所以你看，我只是个极平常的人，没有出人头地的学问，更没有非常的经验。但同时我自信我也有我与人不同的地方。我不曾投降这世界。我不受它的拘束。

我是一只没笼头的野马，我从来不曾站定过。我人是在

自剖 · 翡冷翠的一夜

这社会里活着，我却不是这社会里的一个，像是有离魂病似的，我这躯壳的动静是一件事，我那梦魂的去处又是一件事。我是一个傻子，我曾经妄想在这流动的生活里发现一些不变的价值，在这打谎的世上寻出一些不磨灭的真，在我这灵魂的冒险是生命核心里的意义；我永远在无形的经验的巉岩上爬着。

冒险—痛苦—失败—失望，是跟着来的，存心冒险的人就得打算他最后的失望；但失望却不是绝望，这分别很大。我是曾经遭受失望的打击，我的头是流着血，但我的脖子还是硬的；我不能让绝望的重量压住我的呼吸，不能让悲观的慢性病侵蚀我的精神，更不能让厌世的恶质染黑我的血液。厌世观与生命是不可并存的；我是一个生命的信徒，初起是的，今天还是，将来我敢说也是。我决不容忍性灵的颓唐，那是最不可救药的堕落，同时却继续躯壳的存在；在我，单这开口说话，提笔写字的事实，就表示后背有一个基本信仰，完全的没破绽的信仰；否则我何必再做什么文章，办什么报刊？

但这并不是说我不感受人生遭遇的痛创；我决不是那童呆性的乐观主义者；我决不来指着黑影说这是阳光，指着云雾说这是青天，指着分明的恶说这是善；我并不否认黑影、云雾与恶，我只是不怀疑阳光与青天与善的实在；暂时的掩蔽与侵蚀不能使我们绝望，这正应得加倍地激动我们寻求光明的决心。前几天我觉着异常懊丧的时候无意中翻着尼采的一句话，极简单的几个字却涵有无穷的意义与强悍的力量，正如天上星斗的纵横与山川的经纬，在无声中暗示你人生的奥义，祛除你的迷惘，照亮你的思路，他说"受苦人没有悲观的权利"（The sufferer has no right to pessimism），我那时感觉一种异样的惊心，一种异样的彻——：

> 我不辞痛苦，因为我要认识你，上帝；
> 我甘心，甘心在火焰里存身，
> 到最后那时辰见我的真，
> 见我的真，我定了主意，上帝，再不迟疑！

所以我这次从南边回来，决意改变我对人生的态度，我写信给朋友说这来要来认真做一点"人的事业"了——

> 我再不想成仙，蓬莱不是我的分；
> 我只要这地面，情愿安分地做人。

在我这"决心做人，决心做一点认真的事业"，是一个思想的大转变；因为先前我对这人生只是不调和不承认的态度，因此我与这现世界并没有什么相互的关系，我是我，它是它，它不能责备我，我也不来批评它，但是这来我决心做人的宣言却把我放进了一个有关系、负责任的地位，我再不能张着眼睛做梦，从今起得把现实当现实看：我要来察看，我要来检查，我要来清除，我要来颠扑，我要来挑战，我要来破坏。

人生到底是什么？我得先对我自己给一个相当的答案。人生究竟是什么？为什么这形形色色的、纷扰不清的现象——宗教、政治、社会、道德、艺术、男女、经济？我来是来了，

自剖 · 翡冷翠的一夜

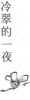

可还是一肚子的不明白，我得慢慢地看古玩似的，一件件拿在手里看一个清切再来说话。我不敢保证我的话一定在行，我敢担保的只是我自己思想的忠实；我前面说过我的学识是极浅陋的，但我却并不因此自馁，有时学问是一种束缚，知识是一层障碍，我只要能信得过我能看的眼，能感受的心，我就有我的话说；至于我说的话有没有人听，有没有人懂，那是另外一件事，我管不着了——"有的人身死了才出世的"，谁知道一个人有没有真的出世那一天？

是的，我从今起要迎上前去！生命第一个消息是活动，第二个消息是搏斗，第三个消息是决定；思想也是的，活动的下文就是搏斗。搏斗就包含一个搏斗的对象，许是人，许是问题，许是现象，许是思想本体。一个武士最大的期望是寻着一个相当的敌手，思想家也是的，他也要一个可以较量他充分的力量的对象。"攻击是我的本性，"一个哲学家说，"要与你的对手相当——这是一个正直的决斗的第一个条件。你心存鄙夷的时候你不能斗。你占上风，你认定对手无能的时候你不应当搏斗。我的战略可以约成四个原则：第一，我专打正占胜利的对象——在必要时我暂缓我的攻击，等他胜利了再开手；第二，我专打没有人打的对象，我这边不会有助手，我单独地站定一边——在这搏斗中我难为的只是我自己；第三，我永远不来对人的攻击——在必要时我只拿一个人格当显微镜用，借它来显出某种普遍的，但却隐遁不易踪迹的恶性；第四，我攻击某事物的动机，不包含私人嫌隙的关系，在我攻击是一个善意的，而且在某种情况下，感恩的凭证。"

这位哲学家的战略，我现在僭引作我自己的战略，我盼望我将来不至于在搏斗的沉酣中忽略了预定的规律，万一疏忽时我恳求你们随时提醒。我现在戴我的手套去！

自剖·翡冷翠的一夜

北戴河海滨的幻想

他们都到海边去了。我为左眼发炎不曾去。我独坐在前廊，偎坐在一张安适的大椅内，袒着胸怀，赤着脚，一头的散发，不时的有风来撩拂。清晨的晴爽，不曾消醒我初起时睡态；但梦思却半被晓风吹断。我阖紧眼帘内视，只见一斑斑消残的颜色，一似晚霞的余赭，留恋地胶附在天边。廊前的马樱、紫荆、藤萝、青翠的叶与鲜红的花，都将他们的妙影映印在水汀上，幻出幽媚的情态无数；我的臂上与胸前，亦满缀了绿荫的斜纹。从树荫的间隙平望，正见海湾：海波亦似被晨曦唤醒，黄蓝相间的波光，在欣然地舞蹈。滩边不时见白涛涌起，迸射着雪样的水花。浴线内点点的小舟与浴客，水禽似的浮着；幼童的欢叫，与水波拍岸声，与潜涛鸣咽声，相间地起伏，竞报一滩的生趣与乐意。但我独坐在廊前，却只是静静的，静静的无甚声响。妩媚的马樱，只是幽幽地微碾着，蝇虫也敛翅不飞。只有远近树里的秋蝉在纺纱似的垂引他们不尽的长吟。

在这不尽的长吟中，我独坐在冥想。难得是寂寞的环境，难得是静定的意境；寂寞中有不可言传的和谐，静默中有无限的创造。我的心灵，比如海滨，生平初度的怒潮，已经渐次地消失，只剩有疏松的海砂中偶尔的回响，更有残缺的贝壳，反映星月的辉芒。此时摸索潮余的斑痕，追想当时汹涌的情景，是梦或是真，再亦不须辨问，只此眉梢的轻皱，唇边的微哂，已足解释无穷奥绪，深深地蕴伏在灵魂的微纤之中。

青年永远趋向反叛，爱好冒险；永远如初渡航海者，幻想黄金机缘于浩渺的烟波之外；想割断系岸的缆绳，扯起风帆，欣欣地投入无垠的怀抱。他厌恶的是平安，自喜的是放纵与豪迈。无颜色的生涯，是他目中的荆棘；绝海与巇，是他爱取由的途径。他爱折玫瑰，为她的色香，亦为她冷酷的刺毒。他爱搏狂澜，为他的庄严与伟大，亦为他吞噬一切的天才，最是激发他探险与好奇的动机。他崇拜冲动：不可测，不可节，不可预逆，起、动、消歇皆在无形中，狂飚似的倏忽与猛烈与神秘。他崇拜斗争：从斗争中求剧烈的生命之意义，从斗争中求绝对的实在，在血染的战阵中，呼叫胜利之狂欢或唱败丧的哀曲。

幻象消灭是人生里命定的悲剧；青年的幻灭，更是悲剧中的悲剧，夜一般的沉黑，死一般的凶恶，纯粹的，猖狂的热情之火，不同阿拉丁的神灯，只能放射一时的异彩，不能永久地朗照；转瞬间，或许，便已敛熄了最后的焰舌，只留存有限的余烬与残灰，在未灭的余温里自伤与自慰。

流水之光，星之光，露珠之光，电之光，在青年的妙目

自剖·翡冷翠的一夜

中闪耀，我们不能不惊讶造化者艺术之神奇；然可怖的黑影，倦与衰与饱餍的黑影，同时亦紧紧地跟着时日进行，仿佛是烦恼，痛苦，失败，或庸俗的尾曳，亦在转瞬间，彗星似的扫灭了我们最自傲的神辉——流水澜，明星没，露珠散灭，电闪不再！

在这艳丽的日辉中，只见愉悦与欢舞与生趣，希望，闪烁的希望，在荡漾，在无穷的碧空中，在绿荫的光泽里，在虫鸟的歌吟中，在青草的摇曳中——夏之荣华，春之成功。春光与希望，是长驻的；自然与人生，是调谐的。

在远处有福的山谷内，莲馨花在坡前微笑，稚羊在乱石间跳跃，牧童们，有的吹着芦笛，有的平卧在草地上，仰看幻想浮游的白云，放射下的青影在初黄的稻田中缥缈地移过。在远处安乐的村中，有妙龄的村姑，在流涧边照映她自制的春裙；口衔烟斗的农夫三四，在预度秋收的丰盈；老妇人们坐在家门外阳光中取暖，她们的周围有不少的儿童，手擎着黄白的钱花在环舞与欢呼。

在远——远处的人间，有无限的平安与快乐，无限的春光……

在此暂时可以忘却无数的落蕊与残红；亦可以忘却花荫中掉下的枯叶，私语地预告三秋的情意；亦可以忘却苦恼的僵瘫的人间，阳光与雨露的殷勤，不能再恢复他们腮颊上生命的微笑；亦可以忘却纷争的互杀的人间，阳光与雨露的仁慈，不能感化他们凶恶的兽性；亦可以忘却庸俗的卑琐的人间，行云与朝露的丰姿，不能引逗他们刹那间的凝视；亦可以忘却自觉的失望的人间，绚烂的春时与媚草，只能反激他们悲伤的意绪。

　　我亦可以暂时忘却我自身的种种，忘却我童年时期清风白水似的天真；忘却我少年期种种虚荣的希冀；忘却我渐次的生命的觉悟；忘却我热烈的理想的寻求；忘却我心灵中乐观与悲观的斗争；忘却我攀登文艺高峰的艰辛；忘却刹那的启示与彻悟之神奇；忘却我生命潮流之骤转；忘却我陷落在危险的漩涡中之幸与不幸；忘却我追忆不完全的梦境；忘却我大海底里埋着的秘密；忘却曾经刳割我灵魂的利刃，炮烙我灵魂的烈焰，摧毁我灵魂的狂飚与暴雨；忘却我的深刻的怨与艾；忘却我的冀与愿；忘却我的恩泽与惠感；忘却我的过去与现在……

　　过去的实在，渐渐地膨胀，渐渐地模糊，渐渐地不可辨认；现在的实在，渐渐地收缩，逼成了意识的一线，细极狭极的一线，又裂成了无数不相连续的黑点……黑点亦渐次地隐翳？幻术似的灭了，灭了，一个可怕的黑暗的空虚……

自剖·翡冷翠的一夜

第二辑 哀思

我的祖母之死

一

一个单纯的孩子，

过他快活的时光，

兴匆匆的，活泼泼的，

何尝识别生存与死亡？

这四行诗是英国诗人华茨华斯（William Wordsworth）[①]一首有名的小诗叫作《我们是七人》（We are Seven）的开端，也就是他的全诗的主意。这位爱自然、爱儿童的诗人，有一次碰着一个八岁的小女孩，发卷蓬松的可爱，他问她兄弟姊妹共有几人，她说我们是七个，两个在城里，两个在外国，还有一个姊妹一个哥哥，在她家里附近教堂的墓园里埋着。但她小孩的心理，却不分清生与死的界限，她每晚携着她的干点心与小盘皿，到那墓园的草地里，独自地吃，独自地唱，

① 今译华兹华斯。

唱给她的在土堆里眠着的兄姊听，虽则他们静悄悄的莫有回响，她烂漫的童心却不曾感到生死间有不可思议的阻隔；所以任凭华翁多方地譬解，她只是睁着一双灵动的小眼，回答说：

"可是，先生，我们还是七人。"

二

其实华翁自己的童真，也不让那小女孩的完全：他曾经说："在孩童时期，我不能相信我自己有一天也会得悄悄地躺在坟里，我的骸骨会变成尘土。"又一次他对人说："我做孩子时最想不通的，是死这回事将来也会得轮到我自己身上。"

孩子们天生是好奇的，他们要知道猫儿为什么要吃耗子，小弟弟从哪里变出来的，或是究竟先有鸡还是先有鸡蛋；但人生最重大的变端——死的现象与实在，他们也只能含糊地看过，我们不能期望一个个小孩子们都是搔头穷思的丹麦王子。他们临到丧故，往往跟着大人啼哭；但他只要眼泪一干，就会到院子里踢毽子、赶蝴蝶，即使在屋子里长眠不醒了的是他们的亲爹或亲娘、大哥或小妹，我们也不能盼望悼死的悲哀可以完全翳蚀了他们稚羊小狗似的欢欣。你如其对孩子说，你妈死了，你知道不知道——他十次里有九次只是对着你发呆；但他等到要妈叫妈，妈偏不应的时候，他的嫩颊上就会有热泪流下。但小孩天然的一种表情，往往可以给人们最深的感动。我生平最忘不了的一次电影，就是描写一个小孩爱恋已死母亲的种种天真的情景。她在园里看种花，园丁告诉她这花在泥里，浇下水去，就会长大起来。那天晚上天

自剖 · 翡冷翠的一夜

下大雨，她睡在床上，被雨声惊醒了，忽然想起园丁的话，她的小脑筋里就发生了绝妙的主意。她偷偷地爬出了床，走下楼梯，到书房里去拿下桌上供着的她死母的照片，一把揣在怀里，也不顾倾倒着的大雨，一直走到园里，在地上用园丁的小锄掘松了泥土，把她怀里的亲妈，谨慎地取出来，栽在泥里，把松泥掩护着；她做完了工就蹲在那里守候——一个三四岁的女孩，穿着白色的睡衣，在深夜的暴雨里，蹲在露天的地上，专心笃意地盼望已经死去的亲娘，像花草一般，从泥土里发长出来！

三

我初次遭逢亲属的大故，是二十年前我祖父的死，那时我还不满六岁，那是我生平第一次可怕的经验，但我追想当时的心理，我对于死的见解也不见得比华翁的那位小姑娘高明。我记得那天夜里，家里人吩咐祖父病重，他们今夜不睡了，但叫我和我的姊妹先上楼睡去，回头要我们时他们会来叫的。我们就上楼去睡了，底下就是祖父的卧房，我那时也不十分明白，只知道今夜一定有很怕的事，有火烧、强盗抢、做怕梦一样的可怕。我也不十分睡着，只听得楼下的急步声，碗碟声，唤婢仆声，隐隐的哭泣声，不息的响音。过了半夜，他们上来把我从睡梦里抱了下去，我醒过来只听得一片的哭声，他们已经把长条香点起来，一屋子的烟，一屋子的人，围在床前，哭的哭，喊的喊，我也挨了过去，在人丛里偷看大床里的好祖父。忽然听说醒了，醒了，哭喊声也歇了，我看见父亲爬在床里，把病父抱持在怀里，祖父倚在他的身上，双眼紧闭着，口里衔着一块黑色的药物，他说话了，很清的声音，虽则我不曾听明他说的什么话，后来知道他经过了一阵昏晕，他又醒了过来对家人说："你们吃吓了，这算是小死。"他接着又说了好几句话，随讲音随低，呼气随微，去了，再不醒了，但我却不曾亲见最后的弥留，也许是我记不起，总之我那时早已跪在地板上，手里擎着香，跟着大众高声地哭喊了。

四

此后我在亲戚家收殓虽则看得不少，但死的实在的状况却不曾见过。我们念书人的幻想力是比较的丰富，但往往因为有了幻想力就不管生命现象的实在，结果是书呆子，陆放翁说的"百无一用是书生"。人生范围是无穷的，我们少年时精力充足什么都不怕尝试，只愁没有出奇的事情做，往往抱怨这宇宙太窄，青天太低，大鹏似的翅膀飞不痛快，但是……但是平心地说，且不论奇的，怪的，特别的，离奇的，我们姑且试问人生里最基本的事实，最单纯的，最普遍的，最平庸的，最近人情的经验，我们究竟能有多少的把握，我们能有多少深彻的了解，我们是否都亲身经历过？譬如说：生产，恋爱，痛苦，悲，死，妒，恨，快乐，真疲倦，真饥饿，渴——毒焰似的渴，真的幸福，冻的刑罚，忏悔，种种的情热。我可以说，我们平常人生观，人类，人道，人情，真理，哲理，本能等等名词不离口吻的念书人们，什么文学家，什么哲学家——关于真正人生基本的事实的实在，知道的——

自剖·翡冷翠的一夜

恐怕是极微至鲜，即使不等于圆圈。我有一个朋友，他和他夫人的感情极厚，一次他夫人临到难产，因为在外国，所以进医院什么都得他自己照料，最后医生宣言只有用手术一法，但性命不能担保，他没有法子，只好和他半死的夫人诀别（解剖时亲属不准在旁的）。满心毒魔似的难受，他出了医院，走在道上，走上桥去，像得了离魂病似的，心脉舂臼似的跳着，最后他听着了教堂和缓的钟声，他就不自主地跟着钟声，进了教堂，跟着在做礼拜的跪着、祷告、忏悔、祈求、唱诗、流泪（他并不是信教的人），他这样地挨过时刻，后来回转医院时，一步步都是惨酷的磨难，比上行刑场的犯人，加倍的难受，他怕见医生与护士，仿佛他的命运是在他们手掌里握着，事后他对人说："我这才知道了人生一点子的意味！"

五

所以不曾经历过精神或心灵的大变的人们，只是在生命的户外徘徊，也许偶尔猜想到几分墙内的动静，但总是浮的浅的，不切实的，甚至完全是隔膜的。人生也许是个空虚的幻梦，但在这幻象中，生与死，恋爱与痛苦，毕竟是陡起的奇峰，应得激动我们彷徨者的注意，在此中也许有可以感悟到些幻里的真、虚中的实，这浮动的水泡不曾破裂以前，也应得饱吸自由的日光，反射几丝颜色！

我是一只不羁的野驹，我往往纵容想象的猖狂，诡辩人生的现实；比如凭借凹折的玻璃，觉察当前景色。但时而复再，我也能从烦嚣的杂响中听出清新的乐调，在炫耀的杂彩里，看出有条理的意匠。这次祖母的大故，老家庭的生活，给我不少静定的时刻、不少深刻的反省。我不敢说我因此感悟了部分的真理，或是取得了若干的智慧；我只能说我因此与实际生活更深了一层的接触，益发激动我对于人生种种好奇的探讨，益发使我惊讶这迷谜的玄妙，不但死是神奇的现象，不但生命与呼吸是神奇的现象，就连日常的生活与习惯与迷信，也好像放射着异样的光闪，不容我们擅用一两个形容词来概状，更不容我们倡言什么主义来抹杀——一个革新者的热心，碰着了实在的寒冰！

<h1 style="text-align:center">六</h1>

我在我的日记里翻出一封不曾写完不曾付寄的信，是我祖母死后第二天的早上写的。我那时在极强烈的极鲜明的时刻内很想把那几日经过的感想与疑问，痛快地写给一个同情的好友，使他在数千里外也能分尝我强烈的鲜明的感情。那位同情的好友我选中了通伯，但那封信却只起了一个呆重的头，一为丧中忙，二为我那时眼热不耐用心，始终不曾写就，一直挨到现在再想补写，恐怕强烈已经变弱，鲜明已经透暗，逃亡的因通，不易追获的了。我现在把那封残信录在这里，再来追摹当时的情景。

　　通伯：

　　　我的祖母死了！从昨夜十时半起，直到现在，满屋子只是号啕呼抢的悲音，与和尚、道士、女僧的礼忏鼓

自剖·翡冷翠的一夜

磬声。二十年前祖父丧时的情景，如今又在眼前了。忘
不了的情景！你愿否听我讲些？

　　我一路回家，怕的是也许已经见不到老人，但老
人却在生死的交关仿佛存心地弥留着，等待她最钟爱的
孙儿——即不能与他开言诀别，也使他尚能把握她依然
温暖的手掌，抚摩她依然跳动着的胸怀，凝视她依然能
自开自阖虽则不再能表情的目睛。她的病是脑充血的一
种，中医称为卒中（最难救的中风）。她十日前在暗房
里蹶仆倒地，从此不再开口出言，登仙似的结束了她
八十四年的长寿，六十年良妻与贤母的辛勤，她现在已
经永远地脱辞了烦恼的人间，还归她清净自在的来处。
我们承受她一生的厚爱与荫泽的儿孙，此时亲见，将来
追念，她最后的神化，不能自禁中怀的摧痛，热泪暴雨
似的盆涌，然痛心中却亦隐有无穷的赞美，热泪中依稀
想见她功成德备的微笑，无形中似有不朽的灵光，永远
地临照她绵衍的后裔……

七

　　旧历的乞巧那一天，我们一大群快活的游踪，驴子灰的
黄的白的，轿子四个脚夫抬的，正在山海关外，纡回地，曲
折地绕登角山的栖贤寺，面对着残圮的长城，巨虫似的爬山
越岭，隐入烟霭的迷茫。那晚回北戴河海滨住处，已经半夜，
我们还打算天亮四点钟上莲峰山去看日出，我已经快上床，
忽然想起了，出去问有信没有，听差递给我一封电报，家里
来的四等电报，我就知道不妙，果然是"祖母病危速回"！

我当晚就收拾行装，赶早上六时车到天津，晚上才上津浦快车。正嫌路远车慢，半路又为水发冲坏了轨道过不去，一停就停了十二点钟有余，在车里多过了一夜，直到第三天的中午方才过江上沪宁车。这趟车如其准点到上海，刚好可以接上沪杭的夜车，谁知道又误了点，误了不多不少的一分钟，一面我们的车进站，他们的车头呜地一声叫，别断别断地去了！我若然是空身子，还可以冒险跳车，偏偏我的一双手又被行李雇定了，所以只得定着眼睛送它走。

所以直到八月二十二日的中午我方才到家。我给通伯的信说"怕是已经见不着老人"，在路上那几天真是难受，缩不短的距离没有法子，但是那急人的水发，急人的火车，几面凑拢来，叫我整整地迟一昼夜到家！试想病危了的八十四岁的老人，这二十四点钟不是容易过的，说不定她刚巧在这个期间内有什么动静，那才叫人抱憾哩！但是结果还算没有多大的差池——她老人家还在生死的交关等着！

八

奶奶——奶奶——奶奶奶——奶奶！你的孙儿回来了，奶奶！没有回音。老太太阖着眼，仰面躺在床里，右手拿着一把半旧的雕翎扇很自在地扇动着。老太太原就怕热，每年暑天总是扇子不离手的，那几天又是特别的热。这还不是好好的老太太，呼吸顶匀净的，定是睡着了，谁说危险！奶奶，奶奶！她把扇子放下了，伸手去摸着头顶上挂着的冰袋，一把抓得紧紧的，呼了一口长气，像是暑天赶道儿的喝了一碗凉汤似的，这不是她明明的有感觉不是？我把她的手拿在我的手里，她似乎感觉我手心的热，可是她也让我握着，她开眼了！右眼张得比左眼开些，瞳子却是发呆，我拿手指在她的眼前一挑，她也没有瞧，那准是她瞧不见了——奶奶，奶奶——她也真没有听见，难道她真是病了，真是危险，这样爱我疼我宠我的好祖母，难道真会得……我心里一阵的难受，鼻子里一阵的酸，滚热的眼泪就迸了出来。这时候床前已经挤满了人，我的这位，我的那位，我一眼看过去，只见一片惨白忧愁的面色，一双双装满了泪珠的眼眶，我的妈更看得憔悴。她们已经伺候了六天六夜，妈对我讲祖母这回不幸的情形，怎样地她夜饭前还在大厅上吩咐事情，怎样地饭后进房去自己擦脸，不知怎样地闪了下去，外面人听着响声进去，已经是不能开口了，怎样地请医生，一直到现在还没有转机……

　　一个人到了天伦骨肉的中间，整套的思想情绪，就变换了式样与颜色。你的不自然的口音与语法没有用了；你的耀眼的袍服可以不必穿了；你的洁白的天使的翅膀，预备飞翔出人间到天堂的，不便在你的慈母跟前自由地开豁；你的理想的楼台亭阁，也不轻易地放进这二百年的老屋；你的佩剑、要塞，以及种种的防御，在争竞的外界即使是必要的，到此只是可怜的累赘。在这里，不比在其余的地方，他们所要求于你的，只是随熟的声音与笑貌，只是好的，纯粹的本性，只是一个没有斑点子的赤裸裸的好心。在这些纯爱的骨肉的经纬中心，不由得你不从你的天性里抽出最柔糯亦最有力的几缕丝线来加密或是缝补这幅天伦的结构。

所以我那时坐在祖母的床边，含着两朵热泪，听母亲叙述她的病况，我脑中发生了异常的感想，我像是至少逃回了二十年的光阴，正如我膝前子侄辈一般的高矮，回复了一片纯朴的童真，早上走来祖母的床前，揭开帐子叫一声软和的奶奶，她也回叫了我一声，伸手到里床去摸给我一个蜜枣或是三片状元糕，我又叫了一声奶奶，出去玩了，那是如何可爱的辰光，如何可爱的天真，但如今没有了，再也不回来了，现在床里躺着的，还不是我的亲爱的祖母，十个月前我伴着到普渡登山拜佛清健的祖母，但现在何以不再答应我的呼唤，何以不再能表情，不再能说话，她的灵性哪里去了，她的灵性哪里去了？

九

　　一天，一天，又是一天——在垂危的病榻前过的时刻，不比平常飞驶无碍的光阴，时钟上同样的一声嘀嗒，直接地打在你的焦急的心里，给你一种模糊的隐痛——祖母还是照样地眠着，右手的脉自从起病以来已是极微仅有的，但不能动弹的却反是有脉的左侧，右手还是不时在挥扇，但她的呼吸还是一例的平匀，面容虽不免瘦削，光泽依然不减，并没有显著的衰象，所以我们在旁边看她的，差不多每分钟都盼望她从这长期的睡眠中醒来，打一个呵欠，就开眼见人，开口说话——果然她醒了过来，我们也不会觉得离奇，像是原来应当似的。但这究竟是我们亲人绝望中的盼望，实际上所有的医生，中医，西医，针医，都已一致地回绝，说这是"不

自剖·翡冷翠的一夜

・ 47 ・

治之症"。中医说这脉象是凭证,西医说脑壳里血管破裂,虽则植物性机能——呼吸、消化——不曾停止,但言语中枢已经断绝——此外更专门更玄学更科学的理论我也记不得了。所以暂时不变的原因,就在老太太本来的体元太好了,拳术家说的"一时不能散工",并不是病有转机的兆头。

我们自己人也何尝不明白这是个绝症;但我们却总不忍自认是绝望:这"不忍"便是人情。我有时在病榻前,在凄恻的静默中,发生了重大疑问。科学家说人的意识与灵感,只是神经系统最高的作用,这复杂、微妙的机械,只要部分有了损伤或是停顿,全体的动作便发生相当的影响;如其最重要的部分受了扰乱,他不是变成反常的疯癫,便是完全地失去意识。照这一说,体即是用,离了体即没有用;灵魂是宗教家的大谎,人的身体一死什么都完了。这是最干脆不过的说法,我们活着时有这样有那样已经尽够麻烦,尽够受,谁还有兴致,谁还愿意到坟墓的那一边再去发生关系,地狱也许是黑暗的,天堂是光明的,但光明与黑暗的区别无非是人类专擅的假定,我们只要摆脱这皮囊,还归我清静,我就不愿意头戴一个黄色的空圈子,合着手掌跪在云端里受罪!

再回到事实上来,我的祖母——一位神智最清明的老太太——究竟在哪里?我既然不能断定因为神经部分的震裂她的灵感性便永远地消灭,但同时她又分明地失却了表情的能力,我只能设想她人格的自觉性,也许比平时消淡了不少,却依旧是在着,像在梦魇里将醒未醒时似的,明知她的儿媳孙曾不住地叫唤她醒来,明知她即使要永别也总还有多少的嘱咐,但是可怜她的睛球再不能反映外界的印象,她的声带与口舌再不能表达她内心的情意，隔着这脆弱的肉体的关系，她的性灵再不能与她最亲的骨肉自由地交通——也许她也在整夜地伴着我们焦急，伴着我们伤心，伴着我们出泪，这才是可怜，这才真叫人悲感哩！

十

到了八月二十七那天，离她起病的第十一天，医生吩咐脉象大大地变了，叫我们当心，这十一天内每天她只咽入很困难的几滴稀薄的米汤，现在她的面上的光泽也不如早几天了，她的目眶更陷落了，她的口部的筋肉也更宽弛了，她右手的动作也减少了，即使拿起了扇子也不再能很自然地扇动了——她的大限的确已经到了。但是到晚饭后，反是没有什么显象。同时一家人着了忙，准备寿衣的，准备冥银的，准备香灯等等的。我从里走出外，又从外走进里，只见匆忙的脚步与严肃的面容。这时病人的大动脉已经微细得不可辨，虽则呼吸还不至怎样的急促。这时一家的骨肉已经齐集在病房里，等候那不可避免的时刻。到了十时光景，我和我的父亲正坐在房的那一头一张床上，忽然听得一个哭叫的声音说——"大家快来看呀，老太太的眼睛张大了！"这尖锐的喊声仿佛是一大桶的冰水浇在我的身上，我所有的毛管一齐竖了起来，我们踉跄地奔到了床前，挤进了人丛。果然，老太太的眼睛张大了，张得很大了！这是我一生从不曾见过，也是我一辈子忘不了的眼见的神奇。（恕罪我的描写！）不但是两眼，面容也是绝对的神变了（transfigured）：她原来皱缩

自剖·翡冷翠的一夜

的面上，发出一种鲜润的彩泽，仿佛半淤的血脉，又一度充满了生命的精液，她的口，她的两颊，也都回复了异样的丰润。同时她的呼吸渐渐地上升，急进的短促，现在已经几乎脱离了气管，只在鼻孔里脆响地呼出了。但是最神奇不过的是一双眼睛！她的瞳孔早已失去了收敛性，呆顿地放大了。但是最后那几秒钟！不但眼眶是充分地张开了，不但黑白分明，瞳孔锐利地紧敛了，并且放射着一种不可形容、不可信的辉光，我只能称他为"生命最集中的灵光"！这时候床前只是一片的哭声，子媳唤着娘，孙子唤着祖母，婢仆争喊着老太太，几个稚龄的曾孙，也跟着狂叫太太……但老太太最后的开眼，仿佛是与她亲爱的骨肉，作无言的诀别，我们都在号泣地送终，她也安慰了，她放心地去了。在几秒钟内，死的黑影已经上了老人面部，遏灭了生命的异彩，她最后的呼气，正似水泡破裂，电光杳灭，菩提的一响，生命呼出了窍，什么都止息了。

十一

　　我满心充塞了死象的神奇，同时又须顾管我有病的母亲，她那时出性地号啕，在地板上滚着，我自己反而哭不出来。我自己也觉得奇怪了，眼看着一家长幼的涕泪滂沱，耳听着狂沸似的呼抢号叫，我不但不发生同情的反应，却反而达到了一个超感情的、静定的、幽妙的意境，我想象地看见祖母脱离了躯壳与人间，穿着雪白的长袍，冉冉地上升天去，我只想默默地跪在尘埃，赞美她一生的功德，赞美她一生的圆寂。这是我的设想！我们内地人却没有这样纯粹的宗教思想；他们的假定是不论死的是高年厚德的老人或是无知无愆的幼孩，或是罪大恶极的凶人，临到弥留的时刻总是一例地有无常鬼、摸壁鬼、牛头马面、赤发獠牙的阴差等等到门，拿着镣链枷锁，来捉拿阴魂到案。所以烧纸帛是平他们的暴戾，最后的呼抢是没奈何的诀别。这也许是大部分临死时实在的情景，但我们却不能概定所有的灵魂都不免遭受这样的凌辱。譬如我们的祖老太太的死，我只能想象她是登天，只想象她慈祥的神化——像那样鼎沸的号啕，固然是至性不能自禁，但我总以为不如匐伏隐泣或默祷，较为近情，较为合理。

理智发达了，感情便失了自然的浓挚；厌世主义的看来，眼泪与笑声一样是空虚的，无意义的。但厌世主义姑且不论，我却不相信理智的发达，会得妨碍天然的情感；如其教育真有效力，我以为效力就在剥削了不合理性的"感情作用"，但决不会有损真纯的感情；他眼泪也许比一般人流得少些，但他等到流泪的时候他的泪才是应流的泪。我也是知识愈开流泪愈少的一个人，但这一次却也真的哭了好几次。一次是伴我的姑母哭的，她为产后不曾复元，所以祖母的病一直瞒着她，一直到了祖母故后的早上方才通知她。她扶病来了。她还不曾下轿，我已经听出她在啜泣，我一时感觉一阵的悲伤，等到她出轿放声时，我也在房中唏嘘不住。又一次是伴祖母当年的赠嫁婢哭的。她比祖母小十一岁，今年七十三岁，亦已是个白发的婆子，她也来哭她的"小姐"，她是见着我祖母的花烛的唯一的人，她一哭我也哭了。

再有是伴我的父亲哭的。我总是觉得一个身体伟大的人，

自剖·翡冷翠的一夜

他动情感的时候，动人的力量也比平常人伟大些。我见了我父亲哭泣，我就忍不住要伴着淌泪。但是感动我最强烈的几次，是他一人倒在床里，反复地啜泣，叫着妈，像一个小孩似的，我就感到最热烈的伤感，在他伟大的心胸里浪涛似的起伏，我就感到母子的感情的确是一切感情的起源与总结，等到一失慈爱的荫庇，仿佛一生的事业顿时没有了根柢，所有的快乐都不能填平这唯一的缺陷；所以他这一哭，我也真哭了。

但是我的祖母果真是死了吗？她的躯体是的。但她是不死的。诗人勃兰恩德（Bryant）说：

So live, that when thy summons comes to join

the innumerable caravan which moves to that mysterious

realm where each one takes

his chamber in the silent halls of death,

thou go not, like the quarry slave at night

scourged to his dungeon, but sustained and soothed.

By an unfaltering truth, approach thy grave

like one that wraps the drapery A his couch

about him, and lies down to pleasant dreams.

如果我们的生前是尽责任的，是无愧的，我们就会安坦地走进我们的坟墓，我们灵魂里不会有惭愧或侮恨的刀痕。人生自生至死，如勃兰恩德的比喻，真是大队的旅客在不尽的沙漠中行进，只要良心有个安顿，到夜里你卧倒在帐幕里也就不怕噩梦来缠绕。

我的祖母，在那旧式的环境里，到我们家来五十九年，真像是做了长期的苦工，她何尝有一日的安闲，不必说子女的嫁娶，就是一家的柴米油盐，扫地抹桌，哪一件事不在八十岁老人早晚的心上！我的伯父快近六十岁了，但他的起居饮食，还差不多完全是祖母经管的，初出世的曾孙如其有些身热咳嗽，老太太晚上就睡不安稳；她爱我宠我的深情，更不是文字所能描写；她那深厚的慈荫，真是无所不包，无所不蔽。但她的身心即使劳碌了一生，她的报酬却在灵魂无上的平安；她的安慰就在她的儿女孙曾，只要我们能够步她的前例，各尽天定的责任，她在冥冥中也就永远地微笑了。

十一月二十四日

自剖·翡冷翠的一夜

悼沈叔薇

沈叔薇是我的一个表兄，从小同学，高小中学（杭州一中）都是同班毕业的，他是今年九月死的。

叔薇，你竟然死了，我常常地想着你，你是我一生最密切的一个人，你的死是我的一个不可补偿的损失。我每次想到生与死的究竟时，我不定觉得生是可欲，死是可悲，我自己的经验与默察只使我相信生的底质是苦不是乐，是悲哀不是幸福，是泪不是笑，是拘束不是自由。因此从生入死，在我有时看来，只是解化了实体的存在，脱离了现象的世界。你原来能辨别苦乐，忍受折磨的性灵，在这最后的呼吸离窍的俄顷，又投入了一种异样的冒险，我们不能轻易地断定那一边没有阳光与人情的温慰，亦不能设想苦痛的灭绝。但生死间终究有一个不可掩讳的分别，不论你怎样的看法。出世是一件大事，死亡亦是一件大事，一个婴儿出母胎时他便与这生的世界开始了关系，这关系却不能随着他去后的躯壳埋掩。这一生与一死，不论相间的距离怎样的短，不论他生时的世界怎样的厌——这一生死便是一个不可销毁的事实：比如海水每受一次潮涨海滩便多受一次泛滥，我们全体的生命的滩沙里，我想，也存记着最微小的波动与影响……

而况我们人又是有感情的动物。在你活着的时候，我可以携着你的手，谈我们的谈，笑我们的笑，一同在野外仰望天上的繁星，或是共感秋风与落叶的悲凉……叔薇，你这几年虽则与我不易相见，虽则彼此处世的态度更不如童年时的一致，但我知道，我相信在你的心里还留着一部分给我的情意，因为你也在我的胸中永占着相当的关切。我忘不了你，你也忘不了我。每次我回家乡时，我往往在不曾解卸行装前已经亟亟地寻求，欣欣地重温你的伴侣。但如今在你我间的距离，不再是可以度量的里程，却是一切距离中最辽远的一种距离——生与死的距离。我下次重归乡土，再没有机会与你携手谈笑，再不能与你相与恣纵早年的狂态，我再到你们家去，至多只能抚摩你的寂寞的灵帏，仰望你的惨淡的遗容，或是手拿一把鲜花到你的坟前凭吊！

叔薇，我今晚在北京的寓里，在一个冷静的秋夜，倾听着风催落叶的秋声，咀嚼着为你兴起的哀思，这几行文字，虽则是随意写下，不成章节，但在这抒写自来情感的俄顷，我仿佛又一度接近了你生前温驯的、谐趣的人格，仿佛又见着了你瘦脸上的枯涩的微笑——比在生前更谐和的更密切的接近。

我没有多少话对你说，叔薇，你得宽恕我；当你在世时我们亦很少相互倾吐的机会。你去世的那一天我来看你，那时你的头上，你的眉目间，已经刻画着死的晦色，我叫了你

自剖 · 翡冷翠的一夜

一声叔薇，你也从枕上侧面来回叫我一声志摩，那便是我们在永别前最后的缘分！我永远忘不了那时病榻着的情景！

我前面说生命不定是可喜，死亦不定可畏。叔薇，你的一生尤其不曾尝味过生命里可能的乐趣，虽则你是天生的达观，从不曾羡虚荣的人间；你如其继续地活着，支撑着你的多病的筋骨，委蛇你无多沾恋的家庭，我敢说这样的生倒不如撒手去了的干净！况且你生前至爱的骨肉，亦久已不在人间，你的生身的爹娘，你的过继的爹娘（我的姑母），你的姊妹——可怜娟姊，我始终不曾一度凭吊——还有你的爱妻，他们都在坟墓的那一边满开着他们天伦的怀抱，守候着他们最爱的"老五"，共享永久的安闲……

十一月一日早三时你的表弟志摩

我的彼得

　　新近有一天晚上，我在一个地方听音乐，一个不相识的小孩，约莫八九岁光景，过来坐在我的身边，他说的话我不懂，我也不易使他懂我的话，那可并不妨事，因为在几分钟内我们已经是很好的朋友，他拉着我的手，我拉着他的手，一同听台上的音乐。他年纪虽则小，他音乐的兴趣已经很深：他比着手势告我他也有一张提琴，他会拉，并且说哪几个是他已经学会的调子，他那资质的敏慧，性情的柔和，体态的秀美，不能使人不爱；而况我本来是喜欢小孩们的。

　　但那晚虽则结识了一个可爱的小友，我心里却并不快爽；因为不仅见着他使我想起你，我的小彼得，并且在他活泼的神情里我想见了你，彼得，假如你长大的话，与他同年龄的影子。你在时，与他一样，也是爱音乐的；虽则你回去的时候刚满三岁，你爱好音乐的故事，从你襁褓时起，我屡次听你妈与你的"大大"讲，不但是十分的有趣可爱，竟可说是你有天赋的凭证，在你最初开口学话的日子，你妈已经写信

给我，说你听着了音乐便异常的快活，说你在坐车里常常伸出你的小手在车栏上跟着音乐按拍；你稍大些会懂得淘气的时候，你妈说，只要把话匣^①开上，你便在旁边乖乖地坐着静听，再也不出声不闹——并且你有的是可惊的口味，是贝多芬是槐格纳^②你就爱，要是中国的戏片，你便盖没了你的小耳，决意不让无意味的锣鼓，打搅你的清听！你的大大（她多疼你）！讲给我听你得小提琴的故事：怎样那晚上买琴来的时候，你已经在你的小床上睡好，怎样她们为怕你起来闹赶快灭了灯亮把琴放在你的床边。怎样你这小机灵早已看见，却偏不作声，等你妈与大大都上了床，你才偷偷地爬起来摸着了你的宝贝，再也忍不住的你技痒，站在漆黑的床边，就开始你"截桑柴"的本领，后来她怎样干涉了你，你便乖乖地把琴抱进你的床去，一起安眠。她们又讲你怎样欢喜拿着一根短棍站在桌上模仿音乐会的导师，你那认真的神情常常叫在座的人大笑。此外还有不少趣话，大大记得最清楚，她都讲给我听过；但这几件故事已够见证你小小的灵性里早长着音乐的慧根。实际我与你妈早经同意想叫你长大时留在德国学习音乐——谁知道在你的早殇里我们失去了一个可能的莫察特（Mozart）^③：在中国音乐最饥荒的日子，难得见这一点希冀的青芽，又教命运无情的脚根踏倒，想起怎不可伤？

　　彼得，可爱的小彼得，我"算是"你的父亲，但想起我<u>做父亲的往迹</u>，我心头便涌起了不少的感想；我的话你是永

①　收音机的旧称。

②　Wagner，今译瓦格纳，音乐家。

③　今译莫扎特。

远听不着了，但我想借这悼念你的机会，稍稍疏泄我的积愫，在这不自然的世界上，与我境遇相似或更不如的当不在少数，因此我想说的话或许还有人听，竟许有人同情。就是你妈，彼得，她也何尝有一天接近过快乐与幸福，但她在她同样不幸的境遇中证明她的智断，她的忍耐，尤其是她的勇敢与胆量；所以至少她，我敢相信，可以懂得我话里意味的深浅，也只有她，我敢说，最有资格指证或相诠释，在她有机会时，我的情感的真际。

但我的情愫！是怨，是恨，是忏悔，是怅惘？对着这不完全、不如意的人生，谁没有怨，谁没有恨，谁没有怅惘？除了天生颟顸的，谁不曾在他生命的经途中——歌德说的——和着悲哀吞他的饭，谁不曾拥着半夜的孤衾饮泣？我们应得感谢上苍的是他不可度量的心裁，不但在生物的境界中他创造了不可计数的种类，就这悲哀的人生也是因人差异，各个不同——同是一个碎心，却没有同样的碎痕，同是一滴眼泪，却难寻同样的泪晶。

彼得我爱，我说过我是你的父亲，但我最后见你的时候你才不满四月，这次我再来欧洲你已经早一个星期回去，我见着的只你的遗像，那太可爱，与你一撮的遗灰，那太可惨。你生前日常把弄的玩具——小车、小马、小鹅、小琴、小书——你妈曾经件件地指给我看，你在时穿着的衣、褚、鞋、帽，你妈与你大大也曾含着眼泪从箱里理出来给我抚摩，同时她们讲你生前的故事，直到你的影像活现在我的眼前，你的脚踪仿佛在楼板上踹响。你是不认识你父亲的，彼得，虽则我听说他的名字常在你的口边，他的肖像也常受你小口的亲吻，多谢你妈与你大大的慈爱与真挚，她们不仅永远把你放在她们心坎的底里，她们也使我，没福见着你的父亲，道你，认识你，爱你，也把你的影像，活泼，美慧，可爱，永远镂上了我的心版。那天在柏林的会馆里，我手捧着那收存你遗灰的锡瓶，你妈与你七舅站在旁边又止不住滴泪，你的大大哽咽着，把一个小花圈挂上你的门前——那时候我，你的父亲，觉着心里有一个尖锐的刺痛，这才初次明白曾经有一点血肉从我自己的生命里分出，这才觉着父性的爱像泉眼似的在性灵里汩汩地流出；只可惜是迟了，这慈爱的甘液不能救活已经萎折了的鲜花，只能在他纪念日的周遭永远无声地流转。

彼得，我说我要借这机会稍稍爬梳我年来的郁积，但那也不见得容易；要说的话仿佛就在口边。但你要它们的时候，它们又不在口边。像是长在大块岩石底下的嫩草，你得有力量翻起那岩石才能把它不伤损地连根起出——谁知道那根长得多深！是恨，是怨，是忏悔，是怅惘？许是恨，许是怨，许是忏悔，许是怅惘。荆棘刺入了行路人的胫踝，他才知道这路的难走；但为什么有荆棘？是它们自己长着，还是有人存心种着的？也许是你自己种下的？至少你不能完全抱怨荆棘。一则：因为这道是你自愿才来走的；再则因为那刺伤是你自己的脚踏上了荆棘的结果，不是荆棘自动来刺你——但又谁知道？因此我有时想，彼得，像你倒真是聪明：你来时是一团活泼，光亮的天真，你去时也还是一个光亮、活泼的灵魂；你来人间真像是短期的做客，你知道的是慈母的爱，阳光的和暖与花草的美丽，你离开了妈的怀抱，你回到了天父的怀抱，我想他听你欣欣地回报这番做客——只尝甜浆，不吞苦水——的经验，他上年纪的脸上一定满布着笑容——你的小脚踝上不曾碰着过无情的荆棘，你穿来的白衣不曾沾着一斑的泥污。

但我们，比你住久的，彼得，却不是来做客；我们是遭放逐，无形的解差永远在后背催逼着我们赶道：为什么受罪，前途是哪里，我们始终不曾明白，我们明白的只是底下流血的胫踝，只是这无尽的长路，这时候想回头已经太迟，想中止也不可能，我们真的羡慕，彼得，像你那谪期的简净。

在这道上遭受的，彼得，还不止是难，不止是苦，最难堪的是逐步相迫的嘲讽，身影似的不可解脱。我既是你的父亲，彼得，比方说，为什么我不能在你的生前，日子虽短，给你应得的慈爱，为什么要到这时候，你已经去了不再回来，我才觉着骨肉的关联，并且假如我这番不到欧洲，假如我在万里外接到你的死耗，我怕我只能看作水面上的云影，来时自来，去时去；正如你生前我不知欣喜，你在时我不知爱惜，你去时也不能过分动我的情感，我自分不是无情，不是寡恩，为什么我对自身的血肉，反是这般不近情的冷漠？彼得，我问为什么，这问的后身便是无限的隐痛；我不能怨，我不能恨，更无从悔。我只是怅惘，我只能问！明知是自苦的揶揄，但我只能忍受。而况揶揄还不止此，我自身的父母，何尝不赤心地爱我；但他们的爱却正是造成我痛苦的原因：我自己何尝不笃爱我的双亲，但我不仅不能尽我的责任，不仅不曾给他们想望的快乐，我，他们的独子，也不免加添他们的烦愁，造作他们的痛苦，这又是为什么？在这里，我也是一般

自剖·翡冷翠的一夜

的不能恨，不能怨，更无从悔，我只是怅惘——我只能问。昨天我是个孩子，今天已是壮年；昨天腮边还带着圆润的笑涡，今天头上已见星星的白发；光阴带走的往迹，再也不容追赎，留下在我们心头的只是些揶揄的鬼影；我们在这道上偶尔停步回想的时候，只能投一个虚圈的"假使当初"，解嘲已往的一切。但已往的教训，即使有，也不能给我们利益，因为前途还是不减启程时的渺茫，我们还是不能选择自由的途径——到那天我们无形的解差喝住的时候，我们惟一的权利，我猜想，也只是再丢一个虚圈更大的"假使"，圆满这全程的寂寞，那就是止境了。

伤双栝老人

看来你的死是无可置疑的了，宗孟先生，虽则你的家人们到今天还没法寻回你的残骸。最初消息来时，我只是不信，那其实是太突兀，太荒唐，太不近情。我曾经几回梦见你生还，叙述你历险的始末，多活现的梦境！但如今在栝树凋尽了青枝的庭院，再不闻"老人"的謦欬；真的没了，四壁的白联仿佛在微风中叹息。这三四十天来，哭你有你的内眷、姊妹、亲戚、悼你的私交；惜你有你的政友与国内无数爱君才调的士夫。志摩是你的一个忘年的小友。我不来敷陈你的事功，不来历叙你的言行；我也不来再加一份涕泪吊你最后的惨变。魂兮归来！此时在一个风满天的深夜握笔，就只两件事闪闪的在我心头：一是你的谐趣天成的风怀，一是髫年失怙的诸弟妹，他们，你在时，哪一息不是你的关切，便如今，料想你彷徨的阴魂也常在他们的身畔飘逗。平时相见，我倾倒你的语语，往往含笑静听，不叫我的笨涩羼杂你的莹彻，但此后，可恨这生死间无情的阻隔，我再没有那样的清福了！只当你是在我跟前，只当是消磨长夜的闲谈，我此时对你说些琐碎，想来你不至厌烦吧。

先说说你的弟妹。你知道我与小孩子们说得来，每回我到你家去，他们一群四五个，连着眼珠最黑的小五，浪一般地拥上我的身来，牵住我的手，攀住我的头，问这样，问那样；我要走时他们就着了忙，抢帽子的，锁门的，嘎着声音苦求的——你也曾见过我的狼狈。自从你的噩耗到后，可怜的孩子们，从不满四岁到十一岁，哪懂得生死的意义，但看了大人们严肃的神情，他们都发了呆，一个个木鸡似的在人前愣着。有一天听说他们私下在商量，想组织一队童子军，冲出山海关去替爸爸报仇！

"栝安"那虚报到的一个早上，我正在你家。忽然间一阵天翻地覆似的闹声从外院陡起，一群孩子拥着一位手拿电纸的大声的欢呼着，冲锋似的陷进了上房。果然是大胜利，该得庆祝的："爹爹没有事！""爹爹好好的！"徽那里平安电马上发了去，省她急。福州电也发了去，省他们跋涉。但这欢喜的风景注定活不到三天，又叫接着来的消息给完全煞尽！

当初送你同去的诸君回来，证实了你的死讯。那晚，你的骨肉一个个走进你的卧房，各自默恻恻地坐下，啊，那一阵子最难堪的噤寂，千万种痛心的思潮在各个人的心头，在这沉默的暗惨中，激荡，汹涌，起伏。可怜的孩子们也都泪滢滢地攒聚在一处，相互地偎着，半懂得情景的严重。霎时间，冲破这沉默，发动了放声的号啕，骨肉间至性的悲哀——你听着吗，宗孟先生，那晚有半轮黄月斜觑着北海白塔的凄凉？

我知道你不能忘情这一群童稚的弟妹。前晚我去你家时见小四小五在灵帏前翻着跟斗，正如你在时他们常在你的跟前献技。"你爹呢？"我拉住他们问。"爹死了"，他们嘻嘻地回答，小五搂住了小四，一和身又滚作一堆！他们将来的养育是你身后唯一的问题——说到这里，我不由得想起了你离京前最后几回的谈话，政治生活，你说你不但尝够而且厌烦了。这五十年算是一个结束，明年起你准备谢绝俗缘，亲自教课膝前的子女；这一清心你就可以用功你的书法，你自觉你腕下的精力，老来只是健进，你打算再花二十年工夫，打磨你艺术的天才；文章你本来不弱，但你想望的却不是什么等身的著述，你只求沥一生的心得，淘成三两篇不易衰朽的纯晶。这在你是一种觉悟；早年在国外初识面时，你每每自负你政治的异禀。即在年前避居津地时你还以为前途不少有为的希望，直至最近政态诡变，你才内省厌倦，认真想回复你书生逸士的生涯。我从最初惊讶你清奇的相貌，惊讶你更清奇的谈吐，我便不阿附你从政的热心，曾经有多少次我讽劝你趁早回航，领导这新时期的精神，共同发现文艺的新土。即如前年泰戈尔来时，你那兴会正不让我们年轻人；你这半百翁登台演戏，不辞劳倦的精神正不知给了我们多少的鼓舞！

　　不，你不是"老人"；你至少是我们后生中间的一个。在你的精神里，我们看不见苍苍的鬓发，看不见五十年光阴的痕迹；你依旧是二三十年前《春痕》故事里的逸的风情——"万种风情无地着"，是你最得意的名句，谁料这下文竟命定是"辽原白雪葬华颠"！

　　谁说你不是君房的后身？可惜当时不曾记你摇曳多姿的

吐属，蓓蕾似的满缀着警句与谐趣，在此时回忆，只如天海远处的点点航影，再也认不分明。你常常自称厌世人，果然，这世界，这人情，哪禁得起你锐利的理智的解剖与抉剔？你的锋芒，有人说，是你一生最吃亏的所在。但你厌恶的是虚伪，是矫情，是顽老，是乡愿的面目，哪还是不该的？谁有你的豪爽，谁有你的倜傥，谁有你的幽默？你的锋芒，即使露，也决不是完全在他人身上应用，你何尝放过你自己？对己一如对人，你丝毫不存姑息，不存隐讳。这就够难能，在这无往不是矫揉的日子，再没有第二人，除了你，能给我这样脆爽的清谈的愉快。再没有第二人在我的前辈中，除了你能使我感受这样的无执无我精神。最可怜是远在海外的徽徽，她，你曾经对我说，是你唯一的知己；你，她也曾对我说，是她唯一的知己。你们这父女不是寻常的父女。"做一个有天才的女儿的父亲"，你曾说，"不是容易享的福，你得放低你天伦的辈分先求做到友谊的了解。"徽，不用说，一生崇拜的就只你，她一生理想的计划中，哪件事离得了聪明不让她自己的老父？但如今，说也可怜，一切都成了梦幻，隔着这万里途程，她那弱小的心灵如何载得起这奇重的哀惨！这终天的缺陷，叫她问谁补去？佑着她吧，你不昧的阴灵，宗孟先生，给她健康，给她幸福，尤其给她艺术的灵术——同时提携她的弟妹，共同增荣雪池双栝的清名！

一九二六年二月二日新月社

吊刘叔和

一向我的书桌上是不放相片的。这一月来有了两张，正对我的坐位，每晚更深时就只它们俩看着我写，伴着我想。院子里偶尔听着一声清脆，有时是虫，有时是风卷败叶，有时我想象是我们亲爱的故世人从坟墓的那一边吹过来的消息。伴着我的一个是小，一个是"老"：小的就是我那三月间死在柏林的彼得，老的是我们钟爱的刘叔和，"老老"。彼得坐在他的小皮椅上，抿紧着他的小口，圆睁着一双秀眼，仿佛性急要妈拿糖给他吃，多活灵的神情！但在他右肩的空白上分明题着这几行小字："我的小彼得，你在时我没福见你，但你这可爱的遗影应该可以伴我终身了。"老老是新长上几根看得见的上唇须在他那件常穿的缎褂里欠身坐着，严正在他的眼内，和蔼在他的口颔间。

让我来看。有一天我邀他吃饭，他来电说病了不能来，顺便在电话中他说起我的彼得。（在襁褓时的彼得，叔和在柏林也曾见过。）他说我那篇悼儿文作得不坏；有人素来看不起我的笔墨的，他说，这回也相当的赞许了。我此时还分明记得他那天通电时着了寒发沙的嗓音！我当时回他说多谢你们夸奖，但我却觉得凄惨因为我同时不能忘记那篇文字的代价，是我自己的爱儿。过了几天适之来说："老老病了，并且他那病相不好，方才我去看他，他说适之我的日子已经是可数的了。"他那时住在皮宗石家里。我最后见他的一次，他已在医院里。他那神色真是不好，我出来就对人讲，他的病中医叫做湿瘟，并且我分明认得它，他那眼内的钝光，面上的涩色，一年前我那表兄沈叔薇弥留时我曾经见过——可怕的认识，这侵蚀生命的病征。可怜少鳏的老老，这时候病榻前竟没有温存的看护；我与他说笑："至少在病苦中有妻子毕竟强似没妻子，老老，你不懊丧续弦不及早？"那天我喂了他一餐，他实在是动弹不得；但我向他道别的时候，我真为他那无告的情形不忍。（在客地的单身朋友们，这是一个切题的教训，快些成家，不要过于挑剔了吧：你放平在病榻上时才知道没有妻子的悲惨！——到那时，比如叔和，可就太晚了。）

叔和没了。但为你，叔和，我却不曾掉泪。这年头也不知怎的，笑自难得，哭也不得容易。你的死当然是我们的悲痛，但转念这世上惨淡的生活其实是无可沾恋，趁早隐了去，谁说一定不是可羡慕的幸运？况且近年来我已经见惯了死，我再也不觉着它的可怕。可怕是这烦嚣的尘世：蛇蝎在我们的脚下，鬼祟在市街上，霹雳在我们的头顶，噩梦在我们的周遭。在这伟大的迷阵中，最难得的是遗忘；只有在简短的遗忘时我们才有机会恢复呼吸的自由与心神的愉快。谁说死不就是个悠久的遗忘的境界？谁说墓窟不就是真解放的进门？

但是随你怎样看法，这生死间的隔绝，终究是个无可奈何的事实，死去的不能复活，活着的不能到坟墓的那一边去探望。到绝海岛去探险我们得合伙，在大漠里游行我们得结伴；我们到世上来做人，归根说，还不只是惴惴地来寻访几个可以共患难的朋友，这人生有时比绝海更凶险，比大漠更荒凉，要不是这点子友谊的同情我第一个就不敢向前迈步了。叔和真是我们的一个。他的性情是不可信的温和："顶好说话的老老"；但他每当论事，却又绝对地不苟同，他的议论，在他起劲时，就比如山壑间雨后的乱泉，石块压不住它，蔓草掩不住它。谁不记得他那永远带伤风的噪音，他那永远不平衡的肩背，他那怪样的激昂的神情？通伯在他那篇《刘叔和》里说起当初在海外老老与傅孟真的豪辩，有时竟连"呐呐不多言"的他，也"免不了加入他们的战队"。这三位衣常敝，履无不穿的"大贤"在伦敦东南隅的陋巷，点煤汽油灯的斗室里，真不知有多少次借光柏拉图与卢骚^①与斯宾塞的迷力，欺骗他们告空虚的肠胃——至少在这一点他们三位是一致同意的！但通伯却忘了告诉我们他自己每回加入战团时的特别情态，我想我应得替他补白。我方才用乱泉比老老，但我应得说他是一窜野火，焰头是斜着去的；傅孟真，不用说，更是一窜野火，更猖獗，焰头是斜着来的；这一去一来就发生了不得开交的冲突。在他们最不得开交时劈头下去了一瓢冷水，两窜野火都吃了惊，暂时翳了回去。那一瓢冷水就是通伯；他是出名冷水的圣手。

啊，那些过去的日子！枕上的梦痕，秋雾里的远山。我此时又想起初渡太平洋与大西洋时的情景了。我与叔和同船到美国，那时还不熟；后来同在纽约一年差不多每天会面的，

① 今译卢梭。

自剖·翡冷翠的一夜

但最不可忘的是我与他同渡大西洋的日子。那时我正迷上尼采开口就是那一套沾血腥的字句。

我仿佛跟着查拉图斯特拉登上了哲理的山峰，高空清气在我的肺里，杂色的人生横亘在我的眼下。船过必司该海湾的那天，天时骤然起了变化：岩片似的黑云一层层累叠在船的头顶，不漏一丝天光，海也整个翻了，这里一座高山，那边一个深谷，上腾的浪尖与下垂的云爪相互地纠拿着；风是从船的侧面来的，夹着铁梗似粗的暴雨，船身左右侧的倾敧着。这时候我与叔和在水泼的甲板上往来地走——哪里是走，简直是滚，多强烈的震动！霎时间雷电也来了，铁青的云板里飞舞着万道金蛇，涛响与雷声震成了一片喧阗，大西洋险恶的威严在这风暴中尽情地披露了"人生，"我当时指给叔和说，"有时还不止这凶险，我们有胆量进去吗？"那天的情景益发激动了我们的谈兴，从风起直到风定，从下午直到深夜，我分明记得，我们俩在沉酣的论辩中遗忘了一切。

今天国内的状况不又是一幅大西洋的天变？我们有胆量进去吗？难得是少数能共患难的旅伴；叔和，你是我们的一个，如何你等不得浪静就与我们永别了？叔和，说他的体气，早就是一个弱者；但如其一个不坚强的体壳可以包容一团坚强的精神，叔和就是一个例。叔和生前没有仇人，他不能有仇人；但他自有他不能容忍的对象：他恨混淆的思想，他恨腌臜的人事。他不轻易斗争；但等他认定了对敌出手时，他是最后回头的一个。叔和，我今天又走上了风雨中的甲板，我不能不悼惜我侣伴的空位！

十月十五日

翡冷翠的一夜

翡冷翠的一夜

你真的走了，明天？那我，那我，……
你也不用管，迟早有那一天；
你愿意记着我，就记着我，
要不然趁早忘了这世界上
有我，省得想起时空着恼，
只当是一个梦，一个幻想；
只当是前天我们见的残红，
怯怜怜地在风前抖擞，一瓣，
两瓣，落地，叫人踩，变泥……
唉，叫人踩，变泥——变了泥倒干净，
这半死不活的才叫是受罪，
看着寒伧，累赘，叫人白眼——
天呀！你何苦来，你何苦来……
我可忘不了你，那一天你来，
就比如黑暗的前途见了光彩，

你是我的先生，我爱，我的恩人，
你教给我什么是生命，什么是爱，
你惊醒我的昏迷，偿还我的天真。
没有你我那知道天是高，草是青？
你摸摸我的心，它这下跳得多快；
再摸我的脸，烧得多焦，亏这夜黑
看不见；爱，我气都喘不过来了，
别亲我了；我受不住这烈火似的活，
这阵子我的灵魂就像是火砖上的
熟铁，在爱的槌子下，砸，砸，火花
四散的飞洒……我晕了，抱着我，
爱，就让我在这儿清静的园内，
闭着眼，死在你的胸前，多美！
头顶白树上的风声，沙沙的，
算是我的丧歌，这一阵清风，
橄榄林里吹来的，带着石榴花香，
就带了我的灵魂走，还有那萤火，
多情的殷勤的萤火，有他们照路，
我到了那三环洞的桥上再停步，
听你在这儿抱着我半暖的身体，
悲声地叫我，亲我，摇我，唔我，……
我就微笑地再跟着清风走，
随他领着我，天堂、地狱，那儿都成，
反正丢了这可厌的人生，实现这死
在爱里，这爱中心的死，不强如

五百次的投生？……自私，我知道，
可我也管不着……你伴着我死？
什么，不成双就不是完全的"爱死"，
要飞升也得两对翅膀儿打伙，
进了天堂还不一样地要照顾，
我少不了你，你也不能没有我；
要是地狱，我单身去你更不放心，
你说地狱不定比这世界文明，
（虽则我不信，）像我这娇嫩的花朵，
难保不再遭风暴，不叫雨打，
那时候我喊你，你也听不分明，——
那不是求解脱反投进了泥坑，
倒叫冷眼的鬼串通了冷心的人，
笑我的命运，笑你懦怯的粗心？
这话也有理，那叫我怎么办呢？
活着难，太难，就死也不得自由，
我又不愿你为我牺牲你的前程……
唉！你说还是活着等，等那一天！
有那一天吗？——你在，就是我的信心；
可是天亮你就得走，你真的忍心
丢了我走？我又不能留你，这是命；
但这花，没阳光晒，没甘露浸，
不死也不免瓣尖儿焦萎，多可怜！
你不能忘我，爱，除了在你的心里，
我再没有命；是，我听你的话，我等，

自剖·翡冷翠的一夜

等铁树儿开花我也得耐心等；

爱，你永远是我头顶的一颗明星：

要是不幸死了，我就变一个萤火，

在这园里，挨着草根，暗沉沉地飞，

黄昏飞到半夜，半夜飞到天明，

只愿天空不生云，我望得见

天上那颗不变的大星，那是你，

但愿你为我多放光明，隔着夜，

隔着天，通着恋爱的灵犀一点……

　　　　　　六月十一日，一九二五年翡冷翠山中

呻吟语

我亦愿意赞美这神奇的宇宙，
我亦愿意忘却了人间有忧愁，
　　像一只没挂累的梅花雀，
　　清朝上歌唱，黄昏时跳跃；——
假如她清风似的常在我的左右！

我亦想望我的诗句清水似的流，
我亦想望我的心池鱼似的悠悠；
　　但如今膏火是我的心，
　　再休问我闲暇的诗情！——
上帝！你一天不还她生命与自由！

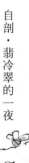

自剖·翡冷翠的一夜

"我要你"

（Amoris Victima 第六首 Arthur Symons）

我不能没有你：你是我的，这多久

是我惟一的奴隶，我惟一的女后。

我不能没有你：你早经变成了

我自身的血肉，比我的更切要。

我要你！随你开口闭口，笑或是嗔，

只要你来伴着我一个小小的时辰，

让我亲吻你，你的手，你的发，你的口，

让我在我的手腕上感觉你的指头。

我不能没有你，世上多的是男子们，

他们爱，说一声再会，转身又是昏沉。

我只是知道我要你，我要的就只你，

就为的是我要你。只要你能知道些微

我怎样地要你！假如你一天知道

我心头要你的饿慌，要你的火烧！

她怕他说出口

（朋友，我懂得那一条骨鲠，
难受不是？——难为你的咽喉；）
"看，那草瓣上蹲着一只蚱蜢，
那松林里的风声像是箜篌。"

（朋友，我明白，你的眼水里
闪动着你真情的泪晶；）
"看，那一双蝴蝶连翩地飞；
你试闻闻这紫兰花馨！"

（朋友，你的心在怦怦地动，
我的也不一定是安宁；）
"看，那一对雌雄的双虹！
在云天里卖弄着娉婷；"

自剖 · 翡冷翠的一夜

（这不是玩，还是不出口的好，

　我顶明白你灵魂里的秘密：）

　那是句致命的话，你得想到，

　回头你再来追悔那又何必！

（我不愿你进火焰里去遭罪，

　就我——就我也不情愿受苦！）

"你看那双虹已经完全破碎，

　花草里不见了蝴蝶儿飞舞。"

（耐着！美不过这半绽的花蕾，

　何必再添深这颊上的薄晕？）

"回走吧，天色已是怕人的昏黑，——

　明儿再来看鱼肚色的朝云！"

偶然

我是天空里的一片云，
偶尔投影在你的波心——
　　你不必讶异，
　　更无须欢喜——
在转瞬间消灭了踪影。

你我相逢在黑夜的海上，
你有你的，我有我的，方向；
　　你记得也好，
　　最好你忘掉，
在这交会时互放的光亮！

自剖·翡冷翠的一夜

珊瑚

你再不用想我说话，
　　我的心早沉在海水底下；
你再不用向我叫唤，
　　因为我——我再不能回答！

除非你——除非你也来在
　　这珊瑚骨环绕的又一世界；
等海风定时的一刻清静，
　　你我来交互你我的幽叹。

变与不变

树上的叶子说:"这来又变样儿了,
　你看,有的是抽心烂,有的是卷边焦!"
　"可不是,"答话的是我自己的心:
它也在冷酷的西风里褪色,凋零。

这时候连翩的明星爬上了树尖;
　"看这儿,"它们仿佛说,"有没有改变?"
"看这儿,"无形中又发动了一个声音,
"还不是一样鲜明?"——插话的是我的魂灵!

丁当——清新

檐前的秋雨在说什么？
　它说摔了她，忧郁什么？
我手拿起案上的镜框，
　在地平上摔了一个丁当。

檐前的秋雨又在说什么？
　"还有你心里那个留着做什么？"
蓦地里又听见一声清新——
　这回摔破的是我自己的心！

我来扬子江边买一把莲蓬

我来扬子江边买一把莲蓬；

    手剥一层层莲衣，

    看江鸥在眼前飞，

    忍含着一眼悲泪——

我想着你，我想着你，阿小龙！

我尝一尝莲瓤，回味曾经的温存：——

    那阶前不卷的重帘，

    掩护着同心的欢恋；

    我又听着你的盟言：

"永远是你的，我的身体，我的灵魂。"

我尝一尝莲心，我的心比莲心苦；

    我长夜里怔忡，

    挣不开的恶梦，

谁知我的苦痛？
你害了我，爱，这日子叫我如何过？

但我不能责你负，我不忍猜你变，
　　我心肠只是一片柔：
　　你是我的！我依旧
　　将你紧紧地抱搂——
除非是天翻——但谁能想象那一天？

客中

今晚天上有半轮的下弦月；
　　我想携着她的手，
　　往明月多处走——
一样是清光，我说，圆满或残缺。

园里有一树开剩的玉兰花；
　　她有的是爱花癖，
　　我爱看她的怜惜——
一样是芬芳，她说，满花与残花。

浓阴里有一只过时的夜莺；
　　她受了秋凉，
　　不如从前浏亮——
快死了，她说，但我不悔我的痴情！

自剖·翡冷翠的一夜

但这莺，这一树花，这半轮月——

我独自沉吟，

对着我的身影——

她在那里，啊，为什么伤悲，凋谢，残缺？

三月十二深夜大沽口外

今夜困守在大沽口外；
　绝海里的俘虏，
　对着忧愁申诉；
桅上的孤灯在风前摇摆：
　天昏昏有层云裹，
　那掣电是探海火！

你说不自由是这变乱的时光？
　但变乱还有时罢休，
　谁敢说人生有自由？
今天的希望变作明天的怅惘；
　星光在天外冷眼瞅，
　人生是浪花里的浮沤！

我此时在凄冷的甲板上徘徊，

听海涛迟迟的吐沫，

心空如不波的湖水；

只一丝云影在这湖心里晃动——

不曾参透的一个迷梦，

不忍参透的一个迷梦！

半夜深巷琵琶

又被它从睡梦中惊醒，深夜里的琵琶！
　是谁的悲思，
　是谁的手指，
像一阵凄风，像一阵惨雨，像一阵落花，
　在这夜深深时，
　在这睡昏昏时，
挑动着紧促的弦索，乱弹着宫商角徵，
　和着这深夜，荒街，
　柳梢头有残月挂，
啊，半轮的残月，像是破碎地希望他，他
　头戴一顶开花帽，
　身上带着铁链条，
在光阴的道上疯了似的跳，疯了似的笑，
　完了，他说，吹糊你的灯，
　她在坟墓的那一边等，
等你去亲吻，等你去亲吻，等你去亲吻！

自剖 · 翡冷翠的一夜

决断

我的爱：
再不可迟疑；
误不得
这唯一的时机，

天平秤——
在你自己心里，
那头重——
法码都不用比！

你我的——
哪还用着我提？
下了种，
就得完功到底。

生，爱，死——
三连环的迷谜；
拉动一个，
两人就跟着挤。

老实说，
我不希罕这活，
这皮囊，——
那处不是拘束。

要恋爱，
要自由，要解脱——
这小刀子，
许是你我的天国！

可是不死
就得跑，远远地跑
谁耐烦
在这猪圈里牢骚？

险——
不用说，总得冒，
不拚命，
那件事拿得着？

自剖·翡冷翠的一夜

看那星，
多勇猛的光明！
看这夜，
多庄严，多澄清！

走罢，甜，
前途不是暗昧；
多谢天，
从此跳出了轮回！

起造一座墙

你我千万不可亵渎那一个字，
别忘了在上帝跟前起的誓。
我不仅要你最柔软的柔情，
蕉衣似的永远裹着我的心；
我要你的爱有纯钢似的强，
在这流动的生里起造一座墙；
任凭秋风吹尽满园的黄叶，
任凭白蚁蛀烂千年的画壁；
就使有一天霹雳震翻了宇宙，——
也震不翻你我"爱墙"内的自由！

自剖·翡冷翠的一夜

望月

月：我隔着窗纱，在黑暗中
望她从巉岩的山肩挣起——
一轮惺忪的不整的光华：
像一个处女，怀抱着贞洁，
惊惶的，挣出强暴的爪牙；

这使我想起你，我爱，当初
也曾在恶运的利齿间捱！
但如今，正如蓝天里明月，
你已升起在幸福的前峰，
洒光辉照亮地面的坎坷！

白须的海老儿

这船平空在海中心抛锚，
也不顾我心头野火似的烧！
那白须的海老倒像有同情，
他声声问的是为甚不进行？

我伸手向黑暗的空间抱，
谁说这飘渺不是她的腰？
我又飞吻给银河边的星，
那是我爱最灵动的明睛。

但这来白须的海老又生恼
（他忌妒少年情，别看他年老！）
他说你情急我偏给你不行，
你怎生跳度这碧波的无垠？

自剖·翡冷翠的一夜

果然那老顽皮有他的蹊跷，
这心头火差一点变海水里泡！
但此时我忙着亲我爱的香唇，
谁耐烦再和白须的海老儿争？

再休怪我的脸沉

不要着恼，乖乖，不要怪嫌
　　我的脸绷得直长，
　　我的脸绷得是长，
可不是对你，对恋爱生厌。

不要凭空往大坑里盲跳：
　　胡猜是一个大坑，
　　这里面坑得死人；
你听我讲，乖，用不着烦恼。

你，我的恋爱，早就不是你：
　　你我早变成一身，
　　呼吸，命运，灵魂——
再没有力量把你我分离。

你我比是桃花接上竹叶，

　　露水合着嘴唇吃，

　　经脉胶成同命丝，

单等春风到开一个满艳。

谁能怀疑他自创的恋爱？

　　天空有星光耿耿，

　　冰雪压不倒青春，

任凭海有时枯，石有时烂！

不是的，乖，不是对爱生厌

　　你胡猜我也不怪，

　　我的样儿是太难，

反正我得对你深深道歉。

不错，我恼，恼的是我自己

　　（山怨土堆不够高，

　　河对水私下唠叨。）

恨我自己为甚这不争气。

我的心（我信）比似个浅洼；

　　跳动着几条泥鳅，

　　积不住三尺清流。

盼不到天光，映不着彩霞；

又比是个力乏的朝山客；

　　他望见白云缭绕，

　　拥护着山远山高，

但他只能在倦疲中沉默；

也不是不认识上天威力

　　他何尝甘愿绝望，

　　空对着光阴怅惘——

你到深夜里来听他悲泣！

就说爱，我虽则有了你，爱，

　　不愁在生命道上

　　感受孤立的恐慌，

但天知道我还想住上攀！

恋爱，我要更光明地实现：

　　草堆里一个萤火

　　企慕着天顶星罗：

我要你我的爱高比得天！

我要那洗度灵魂的圣泉，

　　洗掉这皮囊腌臢，

　　解放内里的囚犯，

化一缕轻烟，化一朵青莲。

自剖 · 翡冷翠的一夜

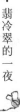

这，你看，才叫是烦恼自找；

　　从清晨直到黄昏，

　　从天昏又到天明，

活动着我自剖的一把钢刀！

不是自杀，你得认个分明。

　　劈去生活的余渣，

　　为要生命的精华；

给我勇气，啊，唯一的亲亲！

给我勇气，我要的是力量，

　　快来救我这围城，

　　再休怪我的脸沉，

快来，乖乖，抱住我的思想！

四月二十二日

天神似的英雄

这石是一堆粗丑的顽石，
这百合是一丛明媚的秀色；
但当月光将花影描上了石隙，
这粗丑的顽石也化生了媚迹。

我是一团臃肿的凡庸，
她的是人间无比的仙容；
但当恋爱将她偎入我的怀中，
就我也变成了天神似的英雄！

自剖·翡冷翠的一夜

再不见雷峰

再不见雷峰，雷峰坍成了一座大荒冢，

　　顶上有不少交抱的青葱；

　　顶上有不少交抱的青葱，

再不见雷峰，雷峰坍成了一座大荒冢。

为什么感慨，对着这光阴应分的摧残？

　　世上多的是不应分的变态，

　　世上多的是不应分的变态；

为什么感慨，对着这光阴应分的摧残？

为什么感慨：这塔是镇压，这坟是掩埋，

　　镇压还不如掩埋来得痛快！

　　镇压还不如掩埋来得痛快，

为什么感慨：这塔是镇压，这坟是掩埋。

再没有雷峰；雷峰从此掩埋在人的记忆中：

　　像曾经的幻梦，曾经的爱宠；

　　像曾经的幻梦，曾经的爱宠，

再没有雷峰；雷峰从此掩埋在人的记忆中。

九月，西湖

自剖・翡冷翠的一夜

大帅（战歌之一）

"大帅有命令以后打死了的尸体
再不用往回挪（叫人看了挫气，）
　　就往前边儿挖一个大坑，
　　拿瘪了的弟兄们往里扔，
　　　掷满了给平上土，
　　　给它一个大糊涂，
　　　也不用给做记认，
　　　管他是姓贾姓曾！
也好，省得他们家里人见了伤心：
　　娘抱着个烂了的头，
　　弟弟提溜着一支手，
新娶的媳妇到手个脓包的腰身！"

"我说这坑死人也不是没有味儿，
有那西晒的太阳做我们的伴儿，

瞧我这一抄，抄住了老丙，

他大前天还跟我吃烙饼，

　　叫了壶大白干，

　　咱们俩随便谈，

　　你知道他那神气，

　　一只眼老是这挤：

谁想他来不到三天就做了炮灰，

　　老丙他打仗倒是勇，

　　你瞧他身上的窟窿！——

去你的，老丙，咱们来就是当死胚！

"天快黑了，怎么好，还有这一大堆？

听炮声，这半天又该是我们的毁！

　　麻利点儿，我说你瞧，三哥，

　　那黑刺刺的可不又是一个！

　　　嘿，三哥，有没有死的，

　　　还开着眼流着泪哩！

　　　我说三哥这怎么来，

　　　总不能拿人活着埋！"——

"吁，老五，别言语，听大帅的话没有错：

　　见个儿就给铲，

　　见个儿就给埋，

躲开，瞧我的；噭，去你的，谁跟你啰唆！"

人变兽（战歌之二）

朋友，这年头真不容易过
你出城去看光景就有数：——
柳林中有乌鸦们在争吵，
分不匀死人身上的脂膏；

城门洞里一阵阵的旋风起，
跳舞着没脑袋的英雄，
那田畦里碧葱葱的豆苗，
你信不信全是用鲜血浇！

还有那井边挑水的姑娘，
你问她为甚走道像带伤——
抹下西山黄昏的一天紫，
也涂不没这人变兽的耻！

梅雪争春（纪念三一八）

南方新年里有一天下大雪，
我到灵峰去探春梅的消息；
残落的梅萼瓣瓣在雪里腌，
我笑说这颜色还欠三分艳！

运命说：你赶花朝节前回京，
我替你备下真鲜艳的春景：
白的还是那冷翩翩的飞雪，
但梅花是十三龄童的热血！

"这年头活着不易。"

昨天我冒着大雨到烟霞岭下访桂；
　南高峰在烟霞中不见，

在一家松茅铺的屋檐前

　　我停步，问一个村姑今年

翁家山的桂花有没有去年开得媚。

那村姑先对着我身上细细地端详；

　　活象只羽毛浸瘪了的鸟，

　　我心想，她定觉得蹊跷，

　　在这大雨天单身走远道，

倒来没来头地问桂花今年香不香。

"客人，你运气不好，来得太迟又太早；

　　这里就是有名的满家弄，

　　往年这时候到处香得凶，

　　这几天连绵的雨，外加风，

弄得这稀糟，今年的早桂就算完了。"

果然这桂子林也不能给我点子欢喜；

　　枝上只见焦萎的细蕊，

　　看着凄凄，唉，无妄的灾！

　　为什么这到处是憔悴？

这年头活着不易！这年头活着不易！

西湖，九月

在哀克刹脱（Excter）教堂前

这是我自己的身影，今晚间
　　倒映在异乡教宇的前庭，
一座冷峭峭森严的大殿，
　　一个峭阴阴孤耸的身影。

我对着寺前的雕像发问：
　　"是谁负责这离奇的人生？"
老朽的雕像瞅着我发愣，
　　仿佛怪嫌这离奇的疑问。

我又转问那冷郁郁的大星，
　　它正升起在这教堂的后背，
但它答我以嘲讽似的迷瞬，
　　在星光下相对，我与我的迷谜！

自剖 · 翡冷翠的一夜

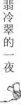

这时间我身旁的那颗老树，
　　他荫蔽着战迹碑下的无辜，
幽幽地叹一声长气，像是
　　凄凉的空院里凄凉的秋雨。

他至少有百余年的经验，
　　人间的变幻他什么都见过；
生命的顽皮他也曾计数；
　　春夏间汹汹，冬季里婆婆。

他认识这镇上最老的前辈，
　　看他们受洗，长黄毛的婴孩；
看他们配偶，也在这教门内，——
　　最后看他们名字上墓碑！

这半悲惨的趣剧他早已经看厌，
　　他自身痈肿的残余更不沾恋；
因此他与我同心，发一阵叹息——
　　啊！我身影边平添了斑斑的落叶！

　　　　　　　　　　　　　一九二五七月

海韵

一

"女郎，单身的女郎，
　你为什么留恋
　这黄昏的海边？——
女郎，回家吧，女郎！"
　"阿不回家；我不回，
　我爱这晚风吹："——
　在沙滩上，在暮霭里，
有一个散发的女郎——
　　　　　徘徊，徘徊。

二

"女郎，散发的女郎，
　你为什么彷徨

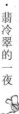

自剖·翡冷翠的一夜

在这冷清的海上？
女郎，回家吧，女郎！"

　　"阿不；你听我唱歌，
　　大海，我唱，你来和："——
　　在星光下，在凉风里，
轻荡着少女的清音——
　　　　　　　高吟，低哦。

三

"女郎，胆大的女郎！
　　那天边扯起了黑幕，
　　这顷刻间有恶风波，——
女郎，回家吧，女郎！"

　　"阿不；你看我凌空舞，
　　学一个海鸥没海波："——
　　在夜色里，在沙滩上，
急旋着一个苗条的身影——
　　　　　　　婆娑，婆娑。

四

"听呀，那大海的震怒，
　　女郎回家吧，女郎！
　　看呀，那猛兽似的海波，

女郎，回家吧，女郎！"

　　"阿不；海波他不来吞我，

　　我爱这大海的颠簸！"

　　在潮声里，在波光里，

啊，一个慌张的少女在海沫里，

　　　　　　　蹉跎，蹉跎。

五

"女郎，在那里，女郎？

　　在那里，你嘹亮的歌声？

在那里，你窈窕的身影？

　　在那里，啊，勇敢的女郎？"

黑夜吞没了星辉，

　　这海边再没有光芒；

海潮吞没了沙滩，

　　沙滩上再不见女郎，——

　　　　　　　再不见女郎！

苏苏

苏苏是一痴心的女子，
　　像一朵野蔷薇，她的丰姿；
　　像一朵野蔷薇，她的丰姿
来一阵暴风雨，摧残了她的身世。

这荒草地里有她的墓碑
　　淹没在蔓草里，她的伤悲；
　　淹没在蔓草里，她的伤悲——
啊，这荒土里化生了血染的蔷薇！

那蔷薇是痴心女的灵魂，
　　在清早上受清露的滋润，
　　到黄昏里有晚风来温存，
更有那长夜的慰安，看星斗纵横。

你说这应分是她的平安？

　　但运命又叫无情的手来攀，

　　攀，攀尽了青条上的灿烂，——

可怜呵，苏苏她又遭一度的摧残！

又一次试验

上帝捋着他的须，
说："我又有了兴趣；
上次的试验有点糟，
这回的保管是高妙。"

脱下了他的枣红袍
戴上了他的遮阳帽，
老头他抓起一把土
快活又有了工作做。

"这回不叫再像我，"
他弯着手指使劲塑：
"鼻孔还是给你有，
可不把灵性往里透！

"给了也还是白丢，
能有几个走回头；
灵性又不比鲜鱼子，
化生在水里就长翅！

"我老头再也不上当，
眼看圣洁的变肮脏，——
就这儿情形多可气，
那个安琪身上不带蛆！"

自剖·翡冷翠的一夜

运命的逻辑

一

前天她在水晶宫似照亮的大厅里跳舞——
　　多么亮她的袜！
　　多么滑她的发！
她那牙齿上的笑痕叫全堂的男子们疯魔。

二

　　昨天她短了资本，
　　变卖了她的灵魂；
那戴喇叭帽的魔鬼在她的耳边传授了秘诀，
她起了皱纹的脸又搽上不少男子们的心血。

三

今天在城隍庙前阶沿上坐着的这个老丑，
她胸前挂着一串，不是珍珠，是男子们的骷髅；

神道见了她摇头，

魔鬼见了她哆嗦！

新催妆曲

一

新娘，你为什么紧锁你的眉尖，
　　（听掌声如春雷吼，
　　鼓乐暴雨似的流！）
在缤纷的花雨中步慵慵地向前：
　　（向前，向前，
　　到礼台边，
　　见新郎面！）
莫非这嘉礼惊醒了你的忧愁：
　　一针针的忧愁，
　　你的芳心刺透，
　　逼迫你热泪流，——
新娘，为什么你紧锁你的眉尖？

二

新娘，这礼堂不是杀人的屠场

　　（听掌声如震天雷，

　　闹乐暴雨似的催！）

那台上站着的不是吃人的魔王：

　　他是新郎，

　　他是新郎，

　　你的新郎；

新娘，美满的幸福等在你的前面，

　　你快向前，

　　到礼台边，

　　见新郎面——

新娘，这礼堂不是杀人的屠场！

三

新娘，有谁猜得你的心头怨？——

　　（听掌声如劈山雷，

　　　鼓乐暴雨似的催，

催花巍巍的新人快步地向前，

　　向前，向前，

　　到礼台边，

　　见新郎面。）

莫非你到今朝，这定运的一天，

自剖 · 翡冷翠的一夜

又想起那时候，

　他热烈的抱搂，

　那颤栗，那绸缪——

新娘，有谁猜得你的心头怨？

四

新娘，把钩消的墓门压在你的心上：

　（这礼堂是你的坟场，

　　你的生命从此埋葬！）

让伤心的热血添浓你颊上的红光；

　（你快向前，

　　到礼台边，

　　见新郎面！）

忘却了，永远忘却了人间有一个他：

　　让时间的灭烬，

　　掩埋了他的心，

　　他的爱，他的影，——

新娘，谁不艳羡你的幸福，你的荣华！

两地相思

一、他——

今晚的月亮象她的眉毛，
　　这弯弯的够多俏；
今晚的天空象她的爱情，
　　这蓝蓝的够多深！
那样多是你的，我听她说，
　　你再也不用疑惑；
给你这一团火，她的香唇，
　　还有她更热的腰身！
谁说做人不该多吃点苦？——
　　吃到了底才有数。
这来可苦了她，盼死了我，
　　半年不是容易过！
她这时候，我想，正靠着窗
　　手托着俊俏脸庞，

在想，一滴泪正挂在腮边，
　　象露珠沾上草尖；
在半忧愁半欢喜地预计，
　　计算着我的归期：
啊，一颗纯洁的爱我的心，
　　那样的专！那样的真！
还不催快你胯下的牲口，
　　趁月光清水似流，
趁月光清水似流，赶回家
　　去亲你唯一的她！

二、她——

今晚的月色又使我想起
　　我半年前的昏迷，
那晚我不该喝那三杯酒，
　　添了我一世的愁；
我不该把自由随手给扔，——
　　活该我今儿的闷！
他待我倒真是一片至诚，
　　象竹园里的新笋，
不怕风吹，不怕雨打，一样
　　他还是往上滋长；
他为我吃尽了苦，就为我
　　他今天还在奔波；——

我又没有勇气对他明讲
　　我改变了的心肠！
今晚月儿弓样，到月圆时
　　我，我如何能躲避！
我怕，我爱，这来我真是难，
　　恨不能往地底钻：
可是你，爱，永远有我的心，
　　听凭我是浮是沉；
他来时要抱，我就让他抱，
（这葫芦不破的好，）
但每回我让他亲——我的唇，
　　爱，亲的是你的吻！

自剖 · 翡冷翠的一夜

罪与罚（一）

在这冰冷的深夜，在这冰冷的庙前，
匍匐着，星光里照出，一个冰冷的人形：
是病吗？不听见有呻吟。
死了吗？她肢体在颤震。
啊，假如你的手能向深奥处摸索，
她那冰冷的身体里还有个更冷的心！
她不是遇难的孤身，
她不是被摈弃的妇人；
不是尼僧，尼僧也不来深夜里修行；
她没有犯法，她的不是寻常的罪名：
她是一个美妇人，
她是一个恶妇人，——
她今天忽然发觉了她无形中的罪孽，
因此在这深夜里到上帝跟前来招认。

罪与罚（二）

"你——你问我为什么对你脸红？
这是天良，朋友，天良的火烧，
好，交给你了，记下我的口供，
满铺着谎的床上哪睡得着？

"你先不用问她们那都是谁，
回头你——（你有水不？我喝一口。
单这一提，我的天良就直追，
逼得我一口气直顶着咽喉。）

"冤孽！天给我这样儿：毒的香，
造孽的根，假温柔的野兽！
什么意识，什么天理，什么思想，
那敌得住那肉鲜鲜的引诱！

自剖·翡冷翠的一夜

"先是她家那嫂子，风流，当然：
偏嫁了个大夫不是个男人；
这干烤着的木柴早够危险，
再来一星星的火花——不就成！

"那一星的火花正轮着我——该！
才一面，够干脆的，魔鬼的得意；
一瞟眼，一条线，半个黑夜；
十七岁的童贞，一个活寡的急！

"堕落是一个进了出不得的坑，
可不是个陷坑，越陷越没有底，
咒他的！一桩桩更鲜艳的沉沦，
挂彩似的扮得我全没了主意！

"现吃亏的当然是女人，也可怜，
一步的孽报追着一步的孽因，
她又不能往阉子身上推，活罪，——
一包药粉换着了一身的毒鳞！

"这还是引子，下文才真是孽债：
她家里另有一双并蒂的白莲，
透水的鲜，上帝禁阻闲蜂来采，
但运命偏不容这白玉的贞坚。

"那西湖上一宿的猖狂，又是我，
你知道，捣毁了那并蒂的莲苞——
单只一度！但这一度！谁能饶恕，
天，这蹂躏！这色情狂的恶屠刀！

"那大的叫铃的偏对浪子情痴，
她对我矢贞，你说这事情多瘪！
我本没有自由，又不能伴她死，
眼看她疯，丢丑，喔！雷砸我的脸！

"这事情说来你也该早明白，
我见着你眼内一阵阵地冒火：
本来！今儿我是你的囚犯，听凭
你发落，你裁判，杀了我，绞了我；

"我半点儿不生怨意，我再不能
不自首，天良逼得我没缝儿躲；
年轻人谁免得了有时候朦混，
但是天，我的分儿不有点太酷？

"谁料到这造孽的网兜着了你，
你，我的长兄，我的唯一的好友！
你爱箕，箕也爱你；箕是无罪的：
有罪是我，天罚那离奇的引诱！

"她的忠顺你知道，这六七年里
她哪一事不为你牺牲，你不说
女人再没有箕的自苦；她为你
甘心自苦，为要洗净那一点错。

"这错又不是她的，你不能怪她
话说完了，我放下了我的重负，
我唯一的祈求是保全你的家：
她是无罪的，我再说，我的朋友！"

猛虎集

献词

那天你翩翩地在空际云游，
自在，轻盈，本不想停留
在天的那方或地的那角，
你的愉快是无拦阻的逍遥。

你更不经意在卑微的地面
有一流涧水，虽则你的明艳
在过路时点染了他的空灵，
使他惊醒，将你的倩影抱紧。

他抱紧的只是绵密的忧愁，
因为美不能在风光中静止；
他要，你已飞渡万重的山头，
去更阔大的湖海投射影子！

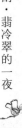

自剖·翡冷翠的一夜

· 135 ·

他在为你消瘦，那一流涧水，
在无能地盼望，盼望你飞回！

我等候你

我等候你。
我望着户外的昏黄
如同望着将来，
我的心震盲了我的听。
你怎还不来？希望
在每一秒钟上允许开花。
我守候着你的步履，
你的笑语，你的脸，
你的柔软的发丝，
守候着你的一切，
希望在每一秒钟上
枯死——你在那里？
我要你，要得我心里生痛，
我要你的火焰似的笑，
要你的灵活的腰身，

自剖·翡冷翠的一夜

你的发上眼角的飞星；

我陷落在迷醉的氛围中，

像一座岛，

在蟒绿的海涛间，不自主地在浮沉……

喔，我迫切的想望

你的来临，想望

那一朵神奇的优昙

开上时间的顶尖！

你为什么不来，忍心的？

你明知道，我知道你知道，

你这不来于我是致命的一击，

打死我生命中乍放的阳春，

教坚实如矿里的铁的黑暗，

压迫我的思想与呼吸；

打死可怜的希冀的嫩芽，

把我，囚犯似的，交付给

妒与愁苦，生的羞惭

与绝望的惨酷。

这也许是痴。竟许是痴。

我信我确然是痴；

但我不能转拨一支已然定向的舵，

万方的风息都不容许我犹豫——

我不能回头，运命驱策着我！

我也知道这多半是走向

毁灭的路，但

为了你，为了你

我什么也都甘愿；

这不仅我的热情，

我的仅有的理性亦如此说。

痴！想磔碎一个生命的纤微

为要感动一个女人的心！

想博得的，能博得的，至多是

她的一滴泪，

她的一阵心酸，

竟许一半声漠然的冷笑；

但我也甘愿，即使

我粉身的消息传到

她的心里如同传给

一块顽石，她把我看作

一只地穴里的鼠，一条虫，

我还是甘愿！

痴到了真，是无条件的，

上帝他也无法调回一个

痴定了的心如同一个将军

有时调回已上死线的士兵。

枉然，一切都是枉然，

你的不来是不容否认的实在

虽则我心里烧着泼旺的火，

饥渴着你的一切，

你的发，你的笑，你的手脚；

任何的痴想与祈祷

不能缩短一小寸

你我间的距离!

户外的昏黄已然

凝聚成夜的乌黑,

树枝上挂着冰雪,

鸟雀们典去了它们的啁啾,

沉默是这一致穿孝的宇宙。

钟上的针不断地比着

玄妙的手势,像是指点,

像是同情,像是嘲讽,

每一次到点的打动,我听来是

我自己的心的

活埋的丧钟。

春的投生

昨晚上，
再前一晚也是的，
在雷雨的猖狂中
春投生入残冬的尸体。

不觉得脚下的松软，
耳鬓间的温驯吗？
树枝上浮着青，
潭里的水漾成无限的缠绵；
再有你我肢体上
胸膛间的异样的跳动；

桃花早已开上你的脸，
我在更敏锐地消受
你的媚，吞咽

自剖·翡冷翠的一夜

你的连珠的笑；
你不觉得我的手臂
更迫切地要求你的腰身，
我的呼吸投射到你的身上
如同万千的飞萤投向光焰？
这些，还有别的许多说不尽的，
和着鸟雀们的热情的回荡，
都在手携手地赞美着
春的投生。

二月二十八日

拜献

山，我不赞美你的壮健，

海，我不歌咏你的阔大，

风波，我不颂扬你威力的无边，

但那在雪地里挣扎的小草花，

路旁冥盲中无告的孤寡，

烧死在沙漠里想归去的雏燕，——

给他们，给宇宙间一切无名的不幸，

我拜献，拜献我胸胁间的热，

管里的血，灵性里的光明，

我的诗歌——在歌声嘹亮的一俄顷，

天外的云彩为你们织造快乐，

　　起一座虹桥，

　　指点着永恒的逍遥，

在嘹亮的歌声里消纳了无穷的苦厄！

一九二九年初春作

自剖·翡冷翠的一夜

· 143 ·

渺小

我仰望群山的苍老，
　他们不说一句话.
阳光描出我的渺小，
　小草在我的脚下。

我一人停步在路隅，
　顿听空谷的松籁；
青天里有白云盘踞——
　转眼间忽又不在。

阔的海

阔的海空的天我不需要，
我也不想放一只巨大的纸鹞
上天去捉弄四面八方的风；
　　我只要一分钟
　　我只要一点光
　　我只要一条缝，——
　　像一个小孩爬伏
　　在一间暗屋的窗前
　　望着西天边不死的一条
缝，一点
光，一分
钟。

自剖 · 翡冷翠的一夜

泰山

山！
你的阔大的巉岩，
象是绝海的惊涛，
忽地飞来，
　凌空
　不动，
在沉默地承受
日月与云霞拥戴的光豪；
更有万千星斗
　错落
在你的胸怀，
向诉说
隐奥，
蕴藏在
岩石的核心与崔嵬的天外！

猛虎

（The Tiger by Willam Blake）

猛虎，猛虎，火焰似的烧红
在深夜曲莽丛，
何等神明的巨眼或是手
能擘画你的骇人的雄厚？

在何等遥远的海底还是天顶
烧着你眼火的纯晶？
跨什么翅膀他胆敢飞腾？
凭什么手敢擒住那威棱？

是何等肩腕，是何等神通，
能雕镂你的藏府的系统？
等到你的心开始了活跳，

自剖 · 翡冷翠的一夜

· 147 ·

何等震惊的手，何等震惊的脚？

椎的是什么锤？使的是什么练？
在什么洪炉里熬炼你的脑液？
什么砧座？什么骇异的拿把
胆敢它的凶恶的惊怕擒抓？

当群星放射它们的金芒，
满天上泛滥着它们的泪光，
见到他的工程，他露不露笑容？
造你的不就是那造小羊的神工？

猛虎，猛虎，火焰似的烧红
在深夜的莽丛，
何等神明的巨眼或是手
胆敢擘画你的惊人的雄厚？

五月一日

"他眼里有你"

我攀登了万仞的高冈，
荆棘扎烂了我的衣裳，
我向飘渺的云天外望——
上帝，我望不见你！

我向坚厚的地壳里掏，
捣毁了蛇龙们的老巢，
在无底的澡潭里我叫——
上帝，我听不到你！

我在道旁见一个小孩：
活泼，秀丽，褴褛的衣衫，
他叫声妈，眼里亮着爱——
上帝，他眼里有你！

十一月二日星家坡

自剖·翡冷翠的一夜

· 149 ·

在不知名的道旁（印度）

什么无名的苦痛，悲悼的新鲜，
什么压迫，什么冤屈，什么烧烫
你体肤的伤，妇人，使你蒙着脸
在这昏夜，在这不知名的道旁，
任凭过往人停步，讶异地看你，
你只是不作声，黑绵绵地坐地？

还有蹲在你身旁悚动的一堆，
一双小黑眼闪荡着异样的光，
像暗云天偶露的星晞，她是谁？
疑惧在她脸上，可怜的小羔羊，
她怎知道人生的严重，夜的黑，
她怎能明白运命的无情，惨刻？

聚了，又散了，过往人们的讶异。

刹那的同情也许；但他们不能
为你停留，妇人，你与你的儿女；
伴着你的孤单，只昏夜的阴沉，
与黑暗里的萤光，飞来你身旁，
来照亮那小黑眼闪荡的星芒！

自剖 · 翡冷翠的一夜

车上

这一车上有各等的年岁，各色的人：
有出须的，有奶孩，有青年，有商，有兵；
也各有各的姿态：傍着的，躺着的，
张眼的，闭眼的，向窗外黑暗望着的。

车轮在铁轨上碾出重复的繁响，
天上没有星点，一路不见一些灯亮；
只有车灯的幽辉照出旅客们的脸，
他们老的少的，一致声诉旅程的疲倦。

这时候忽然从最幽暗的一角发出
歌声：像是山泉，像是晓鸟，蜜甜，清越，
又像是荒漠里点起了通天的明燎，
它那正直的金焰投射到遥远的山坳。

她是一个小孩，欢欣摇开了她的歌喉；
在这冥盲的旅程上，在这昏黄时候，
像是奔发的山泉，像是狂欢的晓鸟，
她唱，直唱得一车上满是音乐的幽妙。

旅客们一个又一个地表示着惊异，
渐渐每一个脸上来了有光辉的惊喜：
买卖的，军差的，老辈，少年，都是一样，
那吃奶的婴儿，也把他的小眼开张。

她唱，直唱得旅途上到处点上光亮，
层云里翻出玲珑的月和斗大的星，
花朵，灯彩似的，在枝头竞赛着新样，
那细弱的草根也在摇曳轻快的青莹！

自剖·翡冷翠的一夜

车眺

一

我不能不赞美
这向晚的五月天；
怀抱着云和树
那些玲珑的水田。

二

白云穿掠着晴空，
像仙岛上的白燕！
晚霞正照着它们，
白羽镶上了金边。

三

背着轻快的晚凉，

牛，放了工，呆着做梦；
孩童们在一边蹲，
想上牛背，美，逗英雄！

四

在绵密的树荫下，
有流水，有白石的桥，
桥洞下早来了黑夜，
流水里有星在闪耀。

五

绿是豆畦，阴是桑树林，
幽郁是溪水傍的草丛，
静是这黄昏时的田景，
但你听，草虫们的飞动！

六

月亮在昏黄里上妆，
太阳心慌地向天边跑；
他怕见她，他怕她见，
怕她见笑一脸的红糟！

自剖·翡冷翠的一夜

再别康桥

轻轻的我走了，
　　正如我轻轻的来；
我轻轻的招手，
　　作别西天的云彩。

那河畔的金柳
　　是夕阳中的新娘；
波光里的艳影，
　　在我的心头荡漾。

软泥上的青荇，
　　油油的在水底招摇；
在康河的柔波里，
　　我甘心做一条水草！

那树荫下的一潭，

    不是清泉，是天上虹

揉碎在浮藻间，

    沉淀着彩虹似的梦。

寻梦？撑一支长篙，

    向青草更青处漫溯，

满载一船星辉，

    在星辉斑斓里放歌。

但我不能放歌，

    悄悄是别离的笙箫；

夏虫也为我沉默，

    沉默是今晚的康桥！

悄悄的我走了，

    正如我悄悄的来；

我挥一挥衣袖，

    不带走一片云彩。

十一月六日 中国海上

自剖·翡冷翠的一夜

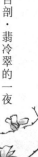

干着急

朋友，这干着急有什么用，
喝酒玩吧，这槐树下凉快；
看槐花直掉在你的杯中——
别嫌它：这也是一种的爱。

胡知了到天黑还在直叫
（她为我的心跳还不一样？）
那紫金山头有夕阳返照
（我心头，不是夕阳，是惆怅！）

这天黑得草木全变了形
（天黑可盖不了我的心焦；）
又是一天，天上点满了银
（又是一天，真是，这怎么好！）

秀山公园 八月二十七日

俘虏颂

我说朋友，你见了没有，那俘虏：
　拚了命也不知为谁，
　提着杀人的凶器，
　带着杀人的恶计，
　趁天没有亮，堵着嘴，
望长江的浓雾里悄悄地飞渡；

趁太阳还在崇明岛外打盹，
　满江心只是一片阴，
　破着褴褛的江水，
　不提防冤死的鬼，
　爬在时间背上讨命，
挨着这一船船替死来的接吻；

他们摸着了岸就比到了天堂：

自剖·翡冷翠的一夜

顾不得险，顾不得潮，

一耸身就落了地

（梦里的青蛙惊起，）

踹烂了六朝的青草，

燕子矶的嶙峋都变成了康庄！

干什么来了，这"大无畏"的精神？

算是好男子不怕死？——

为一个人的荒唐，

为几元钱的奖赏，

闯进了魔鬼的圈子，

供献了身体，在乌龙山下变粪？

看他们今儿个做俘虏的光荣！

身上脸上全挂着彩，

眉眼糊成了玫瑰，

口鼻裂成了山水，

脑袋顶着朵大牡丹，

在夫子庙前，在秦淮河边寻梦！

九月四日

此诗原投《现代评论》，刊出后编辑先生来信，说他擅主割去了末了一段，因为有了那一段诗意即成了"反革命"，剪了那一段则是"绝妙的一首革命诗"，因而为报也为作者，他决意割去了那条不革命的尾巴！我原稿就只那一份，割去那一段我也记不起，重做也不愿意，要删又有朋友不让，所以就让它照这"残样"站着吧。

志摩

自剖·翡冷翠的一夜

秋虫

秋虫，你为什么来？人间
早不是旧时候的清闲；
这膏草，这白露，也是呆：
再也没有用，这些诗材！
黄金才是人们的新宠，
她占了白天，又霸住梦！
爱情：像白天里的星星，
她早就回避，早没了影。
天黑它们也不得回来，
半空里永远有乌云盖．
还有廉耻也告了长假，
他躲在沙漠地里住家，
花尽着开可结不成果，
思想被主义奸污得苦！
你别说这日子过得闷，

晦气脸的还在后面跟！

这一半也是灵魂的懒，

他爱躲在园子里种菜，

"不管，"他说，"听他往下丑——

变猪，变蛆，变蛤蟆，变狗……

过天太阳羞得遮了脸，

月亮残阙了再不肯圆，

到那天人道真灭了种，

我再来打——打革命的钟！"

一九二七年秋

西窗

一

这西窗
这不知趣的西窗放进
四月天时下午三点钟的阳光
一条条直的斜的羼躺在我的床上；

放进一团捣乱的风片
搂住了难免处女羞的花窗帘，
呵她痒，腰弯里，脖子上，
羞得她直飐在半空里，甜破了脸；

放进下面走道上洗被单
衬衣大小毛巾的胰子味，
厨房里饭焦鱼腥蒜苗是腐乳的沁芳南，
还有弄堂里的人声比狗叫更显得松脆。

二

当然不知趣的也不止是这西窗，

但这西窗是够顽皮的，

它何尝不知道这是人们打中觉的好时光！

拿一件衣服，不，拿这条绣外国花的毛毯，

堵死了它，给闷死了它：

耶稣死了我们也好睡觉！

直着身子，不好，弯着来，

学一只卖弄风骚的大龙虾，

在清浅的水滩上引诱水波的荡意！

对呀，叫迷离的梦意像浪丝似的

爬上你的胡须，你的衣袖，你的呼吸……

你对着你脚上又新破了一个大窟窿的袜子发愣或是

忙着送灵巧的手指到神秘的胳肢窝搔痒——可不

是搔痒的时候

你的思想不见会得长上那拿把不住的大翅膀：

谢谢天，这是烟士披里纯来到的刹那间

因为有窟窿的破袜是绝对的理性，

胳肢窝里虱类的痒是不可怀疑的实在。

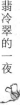

自剖·翡冷翠的一夜

三

香炉里的烟，远山上的雾，人的贪嗔和心机：
经络里的风湿，话里的刺，笑脸上的毒，
谁说这宇宙这人生不够富丽的？

你看那市场上的盘算，比那矗着大烟筒
走大洋海的船的肚子里的机轮更来得复杂，
血管里疙瘩着几两几钱，几钱几两，
脑子里也不知哪来这许多尖嘴的耗子爷？

还有那些比柱石更重实的大人们，他们也有他们的盘算；
他们手指间夹着的雪茄虽则也冒着一卷卷成云彩的烟，
但更曲折，更奥妙，更像长虫的翻戏，
是他们心里的算计，怎样到意大利喀辣辣矿山里去
搬运一个大石座来站他一个
足够与灵龟比赛的年岁，
何况还有波斯兵的长枪，匈奴的暗箭……

再有从上帝的创造里单独创造出来曾向农商部呈请
创造专利的文学先生们，这是个奇迹的奇迹，
正如狐狸精对着月光吞吐她的命珠，
他们也是在月光勾引潮汐时学得他们的职业秘密。
青年的血，尤其是滚沸过的心血，是可口的：——
他们借用普罗列塔里亚的瓢匙在彼此请呀请地舀着喝。

他们将来铜像的地位一定望得见朱温张献忠的。

绣着大红花的俄罗斯毛毯方才拿来蒙住西窗的也不

知怎的滑溜了下来，不容做梦人继续他的冒险，

但这些滑腻的梦意钻软了我的心

像春雨的细脚踹软了道上的春泥。

西窗还是不挡着的好，虽则弄堂里的人声

有时比狗叫更显得松脆。

这是谁说的："拿手擦擦你的嘴，

这人间世在洪荒中不住地转，

像老妇人在空地里捡可以当柴烧的材料。"

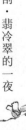

自剖 · 翡冷翠的一夜

怨得

怨得这相逢
谁作的主？——风！

也就一半句话，
露水润了枯芽。

黑暗——放一箭光；
飞蛾：他受了伤。

偶然，真是的。
惆怅？噢何必！

伦敦旅次 九月

深夜

深夜里，街角上
梦一般的灯芒。

烟雾迷裹着树！
怪得人错走了路?

"你害苦了我——冤家！"
她哭，他——不答话。

晓风轻摇着树尖：
掉了，早秋的红艳。

伦敦旅次 九月

自剖 · 翡冷翠的一夜

季候

一

他俩初起的日子，
像春风吹着春花。
花对风说："我要。"
风不回话：他给！

二

但春花早变了泥，
春风也不知去向。
她怨，说天时太冷；
"不久就冻冰。"他说。

杜 鹃

杜鹃，多情的鸟，他终宵唱：
在夏荫深处，仰望着流云
飞蛾似围绕月亮的明灯，
星光疏散如海滨的渔火，
甜美的夜在露湛里休憩，
他唱，他唱一声"割麦插禾"——
农夫们在天放晓时惊起。

多情的鹃鸟，他终宵声诉，
是怨，是慕，他心头满是爱，
满是苦，化成缠绵的新歌，
柔情在静夜的怀中颤动；
他唱，口滴着鲜血，斑斑的，
染红露盈盈的草尖，晨光
轻摇着园林的迷梦；他叫，
他叫，他叫一声"我爱哥哥！"

黄鹂

一掠颜色飞上了树。
"看，一只黄鹂！"有人说。
　翘着尾尖，它不作声，
艳异照亮了浓密——
像是春光，火焰，像是热情。

等候它唱，我们静着望，
　怕惊了它。但它一展翅，
冲破浓密，化一朵彩云；
它飞了，不见了，没了——
像是春光，火焰，像是热情。

秋月

一样是月色，
今晚上的，因为我们都在抬头看——
看它，一轮腴满的妩媚，
从乌黑得如同暴徒一般的
云堆里升起——
看得格外的亮，分外的圆。
它展开在道路上，
它飘闪在水面上，
它沉浸在
水草盘结得如同忧愁般的
水底；
它睥睨在古城的雉堞上，
万千的城砖在它的清亮中
呼吸，
它抚摸着

错落在城厢外内的墓墟，

在宿鸟的断续的呼声里，

想见新旧的鬼，

也和我们似的相依偎地站着，

眼珠放着光，

咀嚼着彻骨的阴凉：

银色的缠绵的诗情

如同水面的星磷，

在露盈盈的空中飞舞。

听那四野的吟声——

永恒的卑微的谐和，

悲哀揉和着欢畅，

怨仇与恩爱，

晦冥交抱着火电，

在这敻绝的秋夜与秋野的

苍茫中，

"解化"的伟大

在一切纤微的深处

展开了

婴儿的微笑！

十月中

山中

庭院是一片静，
　听市谣围抱，
织成一地松影——
　看当头月好！

不知今夜山中，
　是何等光景：
想也有月，有松，
　有更深的静。

我想攀附月色，
　化一阵清风，
吹醒群松春醉，
　去山中浮动；

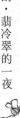

吹下一针新碧，
　　　掉在你窗前；
　　轻柔如同叹息——
　　　不惊你安眠！

　　　　　　　　　　　　　　四月一日

两个月亮

我望见两个月亮：
一般的样，不同的相。

一个这时正在天上，
披敞着雀毛的衣裳；
她不吝惜她的恩情，
满地全是她的金银。
她不忘故宫的琉璃，
三海间有她的清丽。
她跳出云头，跳上树，
又躲进新绿的藤萝。
她那样玲珑，那样美，
水底的鱼儿也得醉！
但她有一点子不好，
她老爱向瘦小里耗；

自剖·翡冷翠的一夜

有时满天只见星点，
没了那迷人的圆脸，
虽则到时候照样回来，
但这份相思有些难捱！

还有那个你看不见，
虽则不提有多么艳！
她也有她醉涡的笑，
还有转动时的灵妙；
说慷慨她也从不让人，
可惜你望不到我的园林！
可贵是她无边的法力，
常把我灵波向高里提：
我最爱那银涛的汹涌，
浪花里有音乐的银钟：
就那些马尾似的白沫，
也比得珠宝经过雕琢。
　一轮完美的明月，
　又况是永不残缺！
只要我闭上这一双跟，
她就婷婷地升上了天！

四月二日月圆深夜

给——

我记不得维也纳，

　　除了你，阿丽思，

我想不起佛兰克府，

　　除了你，桃乐斯，

尼司，佛洛伦司，巴黎，

　　也都没有意味，

要不是你们的艳丽，——

玖思，麦蒂特，腊妹，

　　翩翩的，盈盈的，

　　孜孜的，婷婷的，

照亮着我记忆的幽黑，

　　像冬夜的明星，

　　像暑夜的游萤，——

怎教我不倾颓！

怎教我不迷醉！

自剖·翡冷翠的一夜

一块晦色的路碑

脚步轻些，过路人！
休惊动那最可爱的灵魂，
如今安眠在这地下，
有绛色的野草花掩护她的余烬。

你且站定，在这无名的土阜边，
任晚风吹弄你的衣襟；
倘如这片刻的静定感动了你的悲悯，
让你的泪珠圆圆地滴下——
为这长眠着的美丽的灵魂！

过路人，假若你也曾
在这人间不平的道上颠顿，
让你此时的感愤凝成最锋利的悲悯，
在你的激震着的心叶上，

刺出一滴，两滴的鲜血——
为这遭冤屈的最纯洁的灵魂！

自剖 · 翡冷翠的一夜

枉 然

你枉然用手锁着我的手，
女人，用口擒住我的口，
枉然用鲜血注入我的心，
火烫的泪珠见证你的真；

迟了！你再不能叫死的复活，
从灰土里唤起原来的神奇；
纵然上帝怜念你的过错，
他也不能拿爱再交给你！

生活

阴沉，黑暗，毒蛇似的蜿蜒，
生活逼成了一条甬道：
一度陷入，你只可向前，
手扪索着冷壁的粘潮。

在妖魔的脏腑内挣扎，
头顶不见一线的天光，
这魂魄，在恐怖的压迫下，
除了消灭更有什么愿望？

五月二十九日

自剖·翡冷翠的一夜

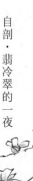

残春

昨天我瓶子里斜插着的桃花
是朵朵媚笑在美人的腮边挂；
今儿它们全低了头，全变了相：——
红的白的尸体倒悬在青条上。

窗外的风雨报告残春的运命，
丧钟似的音响在黑夜里叮咛：
"你那生命的瓶子里的鲜花也
变了样：艳丽的尸体，谁给收殓？"

残破

一

深深地在深夜里坐着：
当窗有一团不圆的光亮，
　　风挟着灰土，在大街上
　　　小巷里奔跑：
我要在枯秃的笔尖上袅出
一种残破的残破的音调，
为要抒写我的残破的思潮。

二

深深地在深夜里坐着：
生尖角的夜凉在窗缝里
　　炉忌屋内残余的暖气，
　　　也不饶恕我的肢体：

自剖 · 翡冷翠的一夜

但我要用我半干的墨水描成

一些残破的残破的花样，

因为残破，残破是我的思想。

三

深深地在深夜里坐着，

左右是一些丑怪的鬼影：

　焦枯的落魄的树木

　　在冰沉沉的河沿叫喊，

　　比着绝望的姿势，

正如我要在残破的意识里

重兴起一个残破的天地。

四

深深地在深夜里坐着，

闭上眼回望到过去的云烟；

啊，她还是一枝冷艳的白莲，

　斜靠着晓风，万种的玲珑；

但我不是阳光，也不是露水，

我有的只是些残破的呼吸，

　如同封锁在壁椽间的群鼠，

追逐着，追求着黑暗与虚无！

活该

活该你早不来！
热情已变死灰。

提什么已往？——
骷髅的磷光！

将来？——各走各的道，
长庚管不着"黄昏晓"。

爱是痴，恨也是傻；
谁点得清恒河的沙？

不论你梦有多么圆，
周围是黑暗没有边。

自剖 · 翡冷翠的一夜

比是消散了的诗意，
趁早掩埋你的旧忆。

这苦脸也不用装，
到头儿总是个忘！

得！我就再亲你一口：
热热的！去，再不许停留。

卑微

卑微，卑微，卑微
风在吹
无抵抗的残苇：

枯槁它的形容，
心已空，
音调如何吹弄？

它在向风祈祷：
"忍心好，
将我一举推倒；

"也是一总解化——
本无家，
任漂泊到天涯！"

自剖 · 翡冷翠的一夜

我不知道风是在那一个方向吹

我不知道风
是在那一个方向吹——
我是在梦中，
在梦的轻波里依洄。

我不知道风
是在那一个方向吹——
我是在梦中，
她的温存，我的迷醉。

我不知道风
是在那一个方向吹——
我是在梦中，
甜美是梦里的光辉。

我不知道风
是在那一个方向吹——
我是在梦中，
她的负心，我的伤悲。

我不知道风
是在那一个方向吹——
我是在梦中，
在梦的悲哀里心碎！

我不知道风
是在那一个方向吹——
我是在梦中，
黯淡是梦里的光辉。

哈代

哈代，厌世的，不爱活的，
　　这回再不用怨言，
一个黑影蒙住他的眼？
　　去了，他再不漏脸。

八十八年不是容易过，
　　老头活该他的受，
扛着一肩思想的重负，
　　早晚都不得放手。

为什么放着甜的不尝，
　　暖和的座儿不坐，
偏挑那阴凄的调儿唱，
　　辣味儿辣得口破，

他是天生那老骨头僵，
　　一对眼拖着看人，
他看着了谁谁就遭殃，
　　你不用跟他讲情！

他就爱把世界剖着瞧，
　　是玫瑰也给拆坏；
他没有那画眉的纤巧，
　　他有夜鸮的古怪！

古怪，他争的就只一点——
　　一点"灵魂的自由"，
也不是成心跟谁翻脸，
　　认真就得认个透。

他可不是没有他的爱——
　　他爱真诚，爱慈悲：
人生就说是一场梦幻，
　　也不能没有安慰。

这日子你怪得他惆怅，
　　怪得他话里有刺，
他说乐观是"死尸脸上
　　抹着粉，搽着胭脂！"

自剖·翡冷翠的一夜

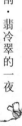

这不是完全放弃希冀，
　宇宙还得往下延，
但如果前途还有生机，
　思想先不能随便。

为维护这思想的尊严，
　诗人他不敢怠惰，
高擎着理想，睁大着眼，
　抉剔人生的错误。

现在他去了再不说话。
　（你听这四野的静）
你爱忘了他就忘了他
　（天吊明哲的凋零）！

　　　　　　　　旧历元旦

哈代八十六岁诞日自述（哈代原作）

好的，世界，你没有骗我，
 你没有冤我，
你说怎么来是怎么来，
你的信用倒真是不坏。
打我是个孩子我常躺
在青草地里对着天望，
说实话我从不曾希冀
 人生有多么艳丽。

打头儿你说，你常在说，
 你说了又说，
你在那云天里，山林间，
散播你的神秘的语言：
"有多人爱我爱过了火，
有的态度始终是温和，

· 195 ·

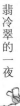

自剖·翡冷翠的一夜

也有老没有把我瞧起，
　到死还是那怪僻。"

"我可从不曾过分应承，
　孩子；从不过分：
做人红黑是这么回事。"
你要我明白你的意思。
正亏你把话说在头里，
我不踌躇地信定了你，
要不然每年来的烦恼
　我怎么支持得了？

对月（哈代原作）

"现在你是倦了老了的，不错，月，
　　但在你年青的时候，
你倒是看着了些个什么花头？"
"啊！我的眼福真不小，有的事儿甜，
　　有的庄严，也有叫人悲愁，
黑夜，白天，看不完那些寒心事件，
　　在我年青青的时候。"

"你是那么孤高那么远，真是的，月，
　　但在你年少的时光，
你倒是转着些个怎么样的感想？"
"啊，我的感想，那样不叫我低着头
　　想，新鲜的变旧，少壮的亡，
民族的兴衰，人类的疯癫与荒谬，
　　那样不动我的感想？"

自剖·翡冷翠的一夜

"你是远离着我们这个世界，月，
　　但你在天空里转动，
有什么事儿打岔你自在的心胸？"
"啊，怎么没有，打岔的事儿当然有，
　　地面上异样的徽角商宫，
说是人道的音乐，在半空里飘浮，
　　打岔我自在地转动。"

"你倒是干脆发表一句总话，月，
　　你已然看透了这回事，
人生究竟是有还是没有意思？"
"啊，一句总话，把它比作一台戏，
　　尽做怎不叫人烦死，
上帝他早该喝一声'幕闭'，
　　我早就看腻了这回事。"

一个星期（哈代原作）

星一那晚上我关上了我的门，
心想你满不是我心里的人，
此后见不见面都不关要紧。

到了星期二那晚上我又想到
你的思想，你的心肠，你的面貌，
到底不比得平常，有点儿妙。

星三那晚上我又想起了你，
想你我要合成一体总是不易，
就说机会又叫你我凑在一起。

星四中上我思想又换了样，
我还是喜欢你，我俩正不妨
亲近地住着，管它是短是长。

星五那天我感到一阵心震，
当我望着你住的那个乡村，
说来你还是我亲爱的，我自认，

到了星期六你充满了我的思想，
整个的你在我的心里发亮，
女性的美那样不在你的身上？

像是只顺风的海鸥向着海飞，
到星期天晚上我简直的发了迷，
还做什么人这辈子要没有你！

死 尸（Une Charogne）（by Charles Baudelaire "Les Fleurs du Mal"）

我爱，记得那一天好天气
　　你我在路旁见着那东西；
横躺在乱石与蔓草里，
　　一具溃烂的尸体。

它直开着腿，荡妇似的放肆，
　　泄漏着秽气，沾恶腥的粘味，
它那痈溃的胸腹也无有遮盖，
　　没忌惮的淫秽。

火热的阳光照临着这腐溃，
　　化验似的蒸发，煎煮，消毁，
解化着原来组成整体的成分，

重向自然返归。

青天微粲地俯看着这变态，

　　仿佛是眷注一茎向阳的朝卉；

那空气里却满是秽息，难堪，

　　多亏你不曾昏醉。

大群的蝇蚋在烂肉间喧哄，

　　酝酿着细蛆，黑水似的汹涌，

他们吞噬着生命的遗蜕，

　　啊，报仇似的凶猛。

那蛆群潮澜似的起落，

　　无餍的飞虫仓皇地争夺；

转像是无形中有生命的吹息，

　　巨量的微生滋育。

丑恶的尸体，从这繁生的世界，

　　仿佛有风与水似的异乐纵泻。

又像是在风车旋动的和音中，

　　谷衣急雨似的四射。

眼前的万象迟早不免消翳，

　　梦幻似的，只模糊的轮廓存遗，

有时在美术师的腕底不期的，

掩映着辽远的回忆。

在那磐石的后背躲着一只野狗，
　　它那火赤的眼睛向着你我守候，
它也撕下了一块烂肉，愤愤地，
　　等我们过后来享受。

就是我爱，也不免一般的腐朽，
　　这样恶腥的传染，谁能忍受——
你，我愿望的明星！照我的光明！
　　这般的纯洁，温柔！

是呀，就你也难免，美丽的后，
　　等到那最后的祈祷为你诵咒，
这美妙的丰姿也不免到泥草里，
　　与陈死人共朽。

因此，我爱呀，吩咐那趑趄的虫蠕，
　　它来亲吻你的生命，吞噬你的体肤，
说我的心永远葆着你的妙影，
　　即使你的肉化群蛆！

十三年十三月

自剖·翡冷翠的一夜

云　游

云游

那天你翩翩地在空际云游，
自在，轻盈，你本不想停留
在天的那方或地的那角，
你的愉快是无拦阻的逍遥。

你更不经意在卑微的地面
有一流涧水，虽则你的明艳
在过路时点染了他的空灵，
使他惊醒，将你的倩影抱紧。

他抱紧的是绵密的忧愁，
因为美不能在风光中静止；
他要，你已飞渡万重的山头，
去更阔大的湖海投射影子！

自剖·翡冷翠的一夜

他在为你消瘦，那一流涧水，
在无能地盼望，盼望你飞回！

火车擒住轨

火车擒住轨，在黑夜里奔：
过山，过水，过陈死人的坟；

过桥，听钢骨牛喘似的叫，
过荒野，过门户破烂的庙；

过池塘，群蛙在黑水里打鼓，
过噤口的村庄，不见一粒火；

过冰清的小站，上下没有客，
月台袒露着肚子，象是罪恶。

这时车的呻吟惊醒了天上
三两个星，躲在云缝里张望；

自剖·翡冷翠的一夜

那是干什么的，他们在疑问，
大凉夜不歇着，直闹又是哼，

长虫似的一条，呼吸是火焰，
一死儿往暗里闯，不顾危险，

就凭那精窄的两道，算是轨，
驮着这份重，梦一般的累坠。

累坠！那些奇异的善良的人，
放平了心安睡，把他们不论

俊的村的命全盘交给了它，
不论爬的是高山还是低洼，

不问深林里有怪鸟在诅咒，
天象的辉煌全对着毁灭走；

只图眼前过得，裂大嘴打呼，
明儿车一到，抢了皮包走路！

这态度也不错！愁没有个底；
你我在天空，那天也不休息，

睁大了眼，什么事都看分明，

但自己又何尝能支使运命？

说什么光明，智慧永恒的美，
彼此同是在一条线上受罪，

就差你我的寿数比他们强，
这玩艺反正是一片湖涂账。

自剖 · 翡冷翠的一夜

最后的那一天

在春风不再回来的那一年，
在枯枝不再青条的那一天，
　那时间天空再没有光照，
　只黑蒙蒙的妖氛弥漫着
太阳，月亮，星光死去了的空间；

在一切标准推翻的那一天，
在一切价值重估的那时间：
　暴露在最后审判的威灵中
　一切的虚伪与虚荣与虚空：
赤裸裸的灵魂们匍匐在主的跟前；——

我爱，那时间你我再不必张皇，
更不须声诉，辩冤，再不必隐藏，
　你我的心，象一朵雪白的并蒂莲，

在爱的青梗上秀挺，欢欣，鲜妍，——
在主的跟前，爱是唯一的荣光。

自剖 · 翡冷翠的一夜

你去

你去，我也走，我们在此分手；
你上那一条大路，你放心走，
你看那街灯一直亮到天边，
你只消跟从这光明的直线！
你先走，我站在此地望着你，
放轻些脚步，别教灰土扬起，
我要认清你的远去的身影，
直到距离使我认你不分明，
再不然我就叫响你的名字，
不断地提醒你有我在这里
为消解荒街与深晚的荒凉，
目送你归去……

　　　　不，我自有主张，
你不必为我忧虑；你走大路，
我进这条小巷，你看那棵树，

高抵着天，我走到那边转弯，
再过去是一片荒野的凌乱：
有深潭，有浅洼，半亮着止水，
在夜芒中像是纷披的眼泪；
有石块，有钩刺胫踝的蔓草，
在期待过路人疏神时绊倒！
但你不必焦心，我有的是胆，
凶险的途程不能使我心寒。
等你走远了，我就大步向前，
这荒野有的是夜露的清鲜；
也不愁愁云深裹，但须风动，
云海里便波涌星斗的流汞；
更何况永远照彻我的心底，
有那颗不夜的明珠，我爱你！

自剖·翡冷翠的一夜

在病中

我是在病中，这恹恹的倦卧，
看窗外云天，听木叶在风中……
是鸟语吗？院中有阳光暖和，
一地的衰草，墙上爬着藤萝，
有三五斑猩的，苍的，在颤动。
一半天也成泥……

　　　　城外，啊，西山！
太辜负了，今年，翠微的秋容！
那山中的明月，有弯，也有环：
黄昏时谁在听白杨的哀怨？
谁在寒风里赏归鸟的群喧？
有谁上山去漫步，静悄悄的，
去落叶林中捡三两瓣菩提？
有谁去佛殿上披拂着尘封，
在夜色里辨认金碧的神容？

这中心情：一瞬瞬的回忆，

如同天空，在碧水潭中过路，

透映在水纹间斑驳的云翳；

又如阴影闪过虚白的墙隅，

瞥见时似有，转眼又复消散；

又如缕缕炊烟，才袅袅，又断……

又如暮天里不成字的寒雁，

飞远，更远，化入远山，化作烟！

又如在暑夜看飞星，一道光

碧银银地抹过，更不许端详。

又如兰蕊的清苍偶尔飘过，

谁能留住这没影踪的婀娜？

又如远寺的钟声，随风吹送，

在春宵，轻摇你半残的春梦！

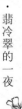

雁儿们

雁儿们在云空里飞，
　　看她们的翅膀，
　　看她们的翅膀，
有时候纡回，
　　有时候匆忙。

雁儿们在云空里飞，
　　晚霞在她们身上，
　　晚霞在她们身上，
有时候银辉，
　　有时候金芒。

雁儿们在云空里飞，
　　听她们的歌唱！
　　听她们的歌唱！

有时候伤悲，
　　有时候欢畅。

雁儿们在云空里飞，
　　为什么翱翔？
　　为什么翱翔？
她们少不少旅伴？
　　她们有没有家乡？

雁儿们在云空里彷徨，
　　天地就快昏黑！
　　天地就快昏黑！
前途再没有天光，
　　孩子们往那儿飞？

天地在昏黑里安睡，
　　昏黑迷住了山林，
　　昏黑催眠了海水；
这时候有谁在倾听
　　昏黑里泛起的伤悲。

自剖·翡冷翠的一夜

鲤跳

那天你走近一道小溪，
我说"我抱你过去"，你说"不"；
"那我总得搀你。"你又说"不"。
"你先过去，"你说，"这水多丽！"

"我愿意做一尾鱼，一支草，
在风光里长，在风光里睡，
收拾起烦恼，再不用流泪：
现在看！我这锦鲤似的跳！"

一闪光艳，你已纵过了水，
脚点地时那轻，一身的笑，
像柳丝，腰哪在俏丽地摇；
水波里满是鲤鳞的霞绮！

（七月九日）

别拧我，疼

"别拧我，疼，"……
你说，微锁着眉心。

那"疼"一个精圆的半吐
在舌尖上溜——转。

一转眼也在说话
睛光里漾起
心泉的秘密。

梦
撒开了
轻纱的网。

"你在那里？"
"让我们死——"你说。

· 221 ·

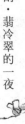

领罪

这也许是个最好的时刻。
不是静。听对面园里的鸟，
从杜鹃到麻雀，已在叫晓。
我也再不能抵抗我的困，
它压着我像霜压着树根；
断片的梦已在我的眼前
飘拂，像在晓风中的树尖。
也不是有什么非常的事，
逼着我决定一个否与是。
但我非得留着我的清醒，
用手推着黑甜乡的诱引：
因为，这是我唯一的机会，
自己到自己跟前来领罪。
领罪，我说不是罪是什么？
这日子过得有什么话说！

难忘

这日子——从天亮到昏黄，
虽则有时花般的阳光，
从郊外的麦田，
半空中的飞燕，
照亮到我劳倦的眼前，
给我刹那间的舒爽，
我还是不能忘——
不忘旧时的积累，
也不分是恼是愁是悔，
在心头，在思潮的起伏间，
像是迷雾，像是诅咒的凶险：
它们包围，它们缠绕，
它们狞露着牙，它们咬，
它们烈火般地煎熬，
它们伸拓着巨灵的掌，
把所有的忻快拦挡……

自剖·翡冷翠的一夜

一九三 年春

霹雳的一声笑，
从云空直透到地，
刮它的脸扎它的心，
说："醒吧，老睡着干么？"
……
……

（三日，沪宁车上）

爱的灵感——奉适之

（下面这些诗行好歹是他撩拨出来的，正如这十年来大多
数的诗行好歹是他撩拨出来的！）

不妨事了，你先坐着吧，
这阵子可不轻，我当是
已经完了，已经整个地
脱离了这世界，飘渺地，
不知到了那儿。仿佛有
一朵莲花似的云拥着我，
（她脸上浮着莲花似的笑）
拥着到远极了的地方去……
唉，我真不希罕再回来，
人说解脱，那许就是吧！
我就像是一朵云，一朵
纯白的，纯白的云，一点

自剖·翡冷翠的一夜

不见分量，阳光抱着我，

我就是光，轻灵的一球，

往远处飞，往更远地飞；

什么累赘，一切的烦愁，

恩情，痛苦，怨，全都远了，

就是你——请你给我口水，

是橙子吧，上口甜着哪——

就是你，你是我的谁呀！

就你也不知那里去了：

就有也不过是晓光里

一发的青山，一缕游丝，

一翳微妙的晕；说至多

也不过如此，你再要多

我那朵云也不能承载，

你，你得原谅，我的冤家！……

不碍，我不累，你让我说，

我只要你睁着眼，就这样，

叫哀怜与同情，不说爱，

在你的泪水里开着花，

我陶醉着它们的幽香；

在你我这最后，怕是吧，

一次的会面，许我放娇，

容许我完全占定了你，

就这一响，让你的热情，

像阳光照着一流幽涧，

透澈我的凄冷的意识，

你手把住我的，正这样，

你看你的壮健，我的衰，

容许我感受你的温暖，

感受你在我血液里流，

鼓动我将次停歇的心，

留下一个不死的印痕：

这是我唯一，唯一的祈求……

好，我再喝一口，美极了，

多谢你。现在你听我说。

但我说什么呢，到今天，

一切事都已到了尽头，

我只等待死，等待黑暗，

我还能见到你，偎着你，

真像情人似的说着话，

因为我够不上说那个，

你的温柔春风似的围绕，

这于我是意外的幸福，

我只有感谢，（她合上眼。）

什么话都是多余，因为

话只能说明能说明的，

更深的意义，更大的真，

朋友，你只能在我的眼里，

在枯干的泪伤的眼里

认取。

我是个平常的人，
我不能盼望在人海里
值得你一转眼的注意。
你是天风：每一个浪花
一定得感到你的力量，
从它的心里激出变化，
每一根小草也一定得
在你的踪迹下低头，在
绿的颤动中表示惊异；
但谁能止限风的前程，
他横掠过海，作一声吼，
狮虎似的扫荡着田野，
当前是冥茫的无穷，他
如何能想起曾经呼吸
到浪的一花，草的一瓣？
遥远是你我间的距离；
远，太远！假如一只夜蝶
有一天得能飞出天外，
在星的烈焰里去变灰
（我常自己想）那我也许
有希望接近你的时间。
唉，痴心，女子是有痴心的，
你不能不信吧？有时候
我自己也觉得真奇怪，
心窝里的牢结是谁给

打上的？为什么打不开？
那一天我初次望到你，
你闪亮得如同一颗星，
我只是人丛中的一点，
一撮沙土，但一望到你，
我就感到异样的震动，
猛袭到我生命的全部，
真像是风中的一朵花，
我内心摇晃得像昏晕，
脸上感到一阵的火烧，
我觉得幸福，一道神异的
光亮在我的眼前扫过，
我又觉得悲哀，我想哭，
纷乱占据了我的灵府。
但我当时一点不明白，
不知这就是陷入了爱！
"陷入了爱"，真是的！前缘，
孽债，不知到底是什么？
但从此我再没有平安，
是中了毒，是受了催眠，
教运命的铁链给锁住，
我再不能踌躇：我爱你！
从此起，我的一瓣瓣的
思想都染着你，在醒时，
在梦里，想躲也躲不去，

自剖·翡冷翠的一夜

我抬头望，蓝天里有你，
我开口唱，悠扬里有你，
我要遗忘，我向远处跑，
另走一道，又碰到了你！
枉然是理智的殷勤，因为
我不是盲目，我只是痴。
但我爱你，我不是自私。
爱你，但永不能接近你。
爱你，但从不要享受你。
即使你来到我的身边，
我许向你望，但你不能
丝毫觉察到我的秘密。
我不妒忌，不艳羡，因为
我知道你永远是我的，
它不能脱离我正如我
不能躲避你，别人的爱
我不知道，也无须知晓，
我的是我自己的造作，
正如那林叶在无形中
收取早晚的霞光，我也
在无形中收取了你的。
我可以，我是准备，到死
不露一句，因为我不必。
死，我是早已望见了的。
那天爱的结打上我的

心头，我就望见死，那个
美丽的永恒的世界；死，
我甘愿的投向，因为它
是光明与自由的诞生。
从此我轻视我的躯体，
更不计较今世的浮荣，
我只企望着更绵延的
时间来收容我的呼吸，
灿烂的星做我的眼睛，
我的发丝，那般的晶莹，
是纷披在天外的云霞，
博大的风在我的腋下
胸前眉宇间盘旋，波涛
冲洗我的胫踝，每一个
激荡涌出光艳的神明！
再有电火做我的思想
天边掣起蛇龙的交舞，
雷震我的声音，蓦地里
叫醒了春，叫醒了生命。
无可思量，呵，无可比况，
这爱的灵感，爱的力量！
正如旭日的威棱扫荡
田野的迷雾，爱的来临
也不容平凡，卑琐以及
一切的庸俗侵占心灵，

· 231 ·

它那原来清爽的平阳。

我不说死吗？更不畏惧，

再没有疑虑，再不吝惜

这躯体如同一个财房；

我勇猛地用我的时光。

用我的时光，我说？天哪，

这多少年是亏我过的！

没有朋友，离背了家乡，

我投到那寂寞的荒城，

在老农中间学做老农，

穿着大布，脚登着草鞋，

栽青的桑，栽白的木棉，

在天不曾放亮时起身，

手搅着泥，头戴着炎阳，

我做工，满身浸透了汗，

一颗热心抵挡着劳倦；

但渐次的我感到趣味，

收拾一把草如同珍宝，

在泥水里照见我的脸，

涂着泥，在坦白的云影

前不露一些羞愧！自然

是我的享受；我爱秋林，

我爱晚风的吹动，我爱

枯苇在晚凉中的颤动，

半残的红叶飘摇到地，

鸦影侵入斜日的光圈；
更可爱是远寺的钟声
交挽村舍的炊烟共做
静穆的黄昏！我做完工，
我慢步地归去，冥茫中
有飞虫在交哄，在天上
有星，我心中亦有光明！
到晚上我点上一支蜡，
在红焰的摇曳中照出
板壁上唯一的画像，
独立在旷野里的耶稣
（因为我没有你的除了
悬在我心里的那一幅），
到夜深静定时我下跪，
望着画像做我的祈祷，
有时我也唱，低声地唱，
发放我的热烈的情愫
缕缕青烟似的上通到天。
但有谁听到，有谁哀怜？
你踞坐在荣名的顶巅，
有千万人迎着你鼓掌，
我，陪伴我有冷，有黑夜，
我流着泪，独跪在床前！
一年，又一年，再过一年，
新月望到圆，圆望到残，

自剖·翡冷翠的一夜

寒雁排成了字，又分散，
鲜艳长上我手栽的树，
又叫一阵风给刮做灰。
我认识了季候，星月与
黑夜的神秘，太阳的威，
我认识了地土，它能把
一颗子培成美的神奇，
我也认识一切的生存，
爬虫，飞鸟，河边的小草，
再有乡人们的生趣，我
也认识，他们的单纯与
真，我都认识。

跟着认识
是愉快，是爱，再不畏虑
孤寂的侵凌。那三年间
虽则我的肌肤变成粗，
焦黑薰上脸，剥坼刻上
手脚，我心头只有感谢：
因为照亮我的途径有
爱，那盏神灵的灯，再有
穷苦给我精力，推着我
向前，使我怡然地承当
更大的穷苦，更多的险。
你奇怪吧，我有那能耐？
不可思量是爱的灵感！

我听说古时间有一个
孝女，她为救她的父亲
胆敢上犯君王的天威，
那是纯爱的驱使我信。
我又听说法国中古时
有一个乡女子叫贞德，
她有一天忽然脱去了
她的村服，丢了她的羊，
穿上戎装拿着刀，带领
十万兵，高叫一声"杀贼"，
就冲破了敌人的重围，
救全了国，那也一定是
爱！因为只有爱能给人
不可理解的英勇和胆，
只有爱能使人睁开眼，
认识真，认识价值，只有
爱能使人全神地奋发，
向前闯，为了一个目标，
忘了火是能烧，水能淹。
正如没有光热这地上
就没有生命，要不是爱，
那精神的光热的根源，
一切光明的惊人的事
也就不能有。
　　　　啊，我懂得！

自剖·翡冷翠的一夜

我说"我懂得"我不惭愧：
因为天知道我这几年，
独自一个柔弱的女子，
投身到灾荒的地域去，
走千百里巉岈的路程，
自身挨着饿冻的惨酷
以及一切不可名状的
苦处说来够写几部书，
是为了什么？为了什么
我把每一个老年灾民
不问他是老人是老妇，
当作生身父母一样看，
每一个儿女当作自身
骨血，即使不能给他们
救度，至少也要吹几口
同情的热气到他们的
脸上，叫他们从我的手
感到一个完全在爱的
纯净中生活着的同类？
为了什么甘愿哺啜
在平时乞丐都不屑的
饮食，吞咽腐朽与肮脏
如同可口的膏粱；甘愿
在尸体的恶臭能醉倒
人的村落里工作如同

发见了什么珍异？为了
什么？就为"我懂得"，朋友，
你信不？我不说，也不能
说，因为我心里有一个
不可能的爱所以发放
满怀的热到另一方向，
也许我即使不知爱也
能同样做，谁知道，但我
总得感谢你，因为从你
我获得生命的意识和
在我内心光亮的点上，
又从意识的沉潜引渡
到一种灵界的莹澈，又
从此产生智慧的微芒
致无穷尽的精神的勇。
啊，假如你能想象我在
灾地时一个夜的看守！
一样的天，一样的星空，
我独自在旷野里或在
桥梁边或在剩有几簇
残花的藤蔓的村篱边
仰望，那时天际每一个
光亮都为我生着意义，
我饮咽它们的美如同
音乐，奇妙的韵味通流

自剖 · 翡冷翠的一夜

到内脏与百骸，坦然地
我承受这天赐不觉得
虚怯与羞惭，因我知道
不为己的劳作虽不免
疲乏体肤，但它能拂拭
我们的灵窍如同琉璃，
利便天光无碍地通行。

我话说远了不是？但我
已然诉说到我最后的
回目，你纵使疲倦也得
听到底，因为别的机会
再不会来，你看我的脸
烧红得如同石榴的花；
这是生命最后的光焰，
多谢你不时地把甜水
浸润我的咽喉，要不然
我一定早叫喘息窒死。
你的"懂得"是我的快乐。
我的时刻是可数的了，
我不能不赶快！
　　　　我方才
说过我怎样学农，怎样
到灾荒的魔窟中去伸
一支柔弱的奋斗的手，

我也说过我灵的安乐

对满天星斗不生内疚。

但我终究是人是软弱，

不久我的身体得了病，

风雨的毒浸入了纤微，

酿成了猖狂的热。我哥

将我从昏盲中带回家，

我奇怪那一次还不死，

也许因为还有一种罪

我必得在人间受。他们

叫我嫁人，我不能推托。

我或许要反抗假如我

对你的爱是次一等的，

但因我的既不是时空

所能衡量，我即不计较

分秒间的短长，我做了

新娘，我还做了娘，虽则

天不许我的骨血存留。

这几年来我是个木偶，

一堆任凭摆布的泥土；

虽则有时也想到你，但

这想到是正如我想到

西天的明霞或一朵花，

不更少也不更多。同时

病，一再的回复，销蚀了

我的躯壳，我早准备死，
怀抱一个美丽的秘密，
将永恒的光明交付给
无涯的幽冥。我如果有
一个母亲我也许不忍
不让她知道，但她早已
死去，我更没有沾恋；我
每次想到这一点便忍
不住微笑漾上了口角。
我想我死去再将我的
秘密化成仁慈的风雨，
化成指点希望的长虹，
化成石上的苔藓，葱翠
淹没它们的冥顽；化成
黑暗中翅膀的舞，化成
农时的鸟歌；化成水面
锦绣的文章；化成波涛，
永远宣扬宇宙的灵通；
化成月的惨绿在每个
睡孩的梦上添深颜色；
化成系星间的妙乐……
最后的转变是未料的；
天叫我不遂理想的心愿
又叫在热谵中漏泄了
我的怀内的珠光！但我

再也不梦想你竟能来，

血肉的你与血肉的我

竟能在我临去的俄顷

陶然地相偎倚，我说，你

听，你听，我说。真是奇怪。

这人生的聚散！

　　　现在我

真，真可以死了，我要你

这样抱着我直到我去，

直到我的眼再不睁开，

直到我飞，飞，飞去太空，

散成沙，散成光，散成风，

啊苦痛，但苦痛是短的，

是暂时的；快乐是长的，

爱是不死的：

　　　我，我要睡……

（十二月二十五日晚六时完成）

自剖・翡冷翠的一夜

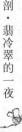

罗米欧与朱丽叶

（第二幕第二景）

罗

……

　　啊，轻些！什么光在那边窗前透亮？

　　那是东方，朱丽叶是东方的太阳。

　　升起来呀，美丽的太阳，快来盖倒

　　那有忌心的月，她因为你，她的侍女，

　　远比她美，已然忧愁得满面苍白：

　　再别做她的侍女，既然她的心眼不大；

　　她的处女的衣裳都是绿阴阴的病态，

　　除了唱丑角的再没有人穿；快脱了去

　　那是我的小姐，啊，那是我的恋爱！

　　啊，但愿她自己承认她已是我的！

　　她开口了，可又没有话：那是怎么的；

　　她的眼在做文章；让我来答复她。

　　可不要太莽撞了，她不是向我说话：

全天上最明艳的一双星，为了有事
请求她的媚眼去升登她们的星座，
替代她们在太空照耀，直到她们回来
果然她们两下里交换了地位便怎样？
那双星光就敌不住她的颊上的明霞，
如同灯光在白天里羞缩；同时她的眼
在天上就会在虚空中放出异样清光，
亮得鸟雀们开始歌唱，只当不是黑夜。
看，她怎样把她的香腮托在她的手上！
啊我只想做她那只手上的一只手套，
那我就得满揾她的香腮！

朱

啊呀！

罗

她说话了；
啊，再说呀，光艳的安琪，因为你是灵光
一脉，正好临照在我头上，这夜望着你
正如人间的凡夫翻白着讶异的肉眼，
在惊喜中瞻仰天上翅羽生动的使者，
看他偎傍倦飞的行云，在海空里振翮。

朱

啊罗米欧，罗米欧！为什么你是罗米欧？
你怎不否认你的生父，放弃你的姓名？
再不然，你如果不愿，只要你起誓爱我，
真心地爱我，那我立时就不是高家人。

自剖·翡冷翠的一夜

罗

我还是往下听，还是就在这时候接口？

朱

说来我的仇敌还不就只是你那门第，
你还是你自己，就说不是一个孟泰谷。
什么是孟泰谷？那既不是手，也不是脚，
不是臂膀，不是脸，不是一个人身上的
任何一部分。啊，你何妨另姓了一个姓！
一个名字有什么道理？我们叫作玫瑰
那东西如果别样称呼那香还是一样，
罗米欧即使不叫罗米欧也能一样的，
保留他那可爱的完美，那是天给他的
不是他的门第。罗米欧，不要你的姓吧，
只要你舍得放弃那满不关你事的姓，
你就有整个的我。

罗

那我准照你话办：
只要你叫我一声爱；我就再世投生，
从此起我再不是罗米欧的了。

朱

你是个什么人胆敢藏躲在黑夜里，
这样胡乱地对我说话？

罗

我有我的名姓；
但我不知道怎样来告诉你说我是谁：

我的名姓，亲爱的天人，我自己都厌恶
因为它不幸是你的仇敌，如果我已经
把它写了下来，我要一把扯碎那个字。

朱

我的耳朵还不曾听到那嗓子发出的
满一百个字，但我已能辨认那个声音：
你不是罗米欧，不是孟泰谷家的人吗？

罗

都不是，美丽的天人，如果你都不喜欢。

朱

你怎样到这里来的，告诉我，为什么来？
果园的墙围是那样高，不是容易爬过，
况且这地方是死，说到你是个什么人，
如果我的本家不论谁在这里碰见你。

罗

凭着爱的轻翅我安然飞渡这些高墙；
因为顽石的拦阻不能限止爱的飞翔，
爱有胆量来尝试爱所能做到的一切；
说什么你的本家，他们不是我的阻碍。

朱

他们果真见到你，他们一定要将你害死。

罗

啊哈！说到危险，现成在你的眼里的就
凶过他们的二十把刀剑：只要你对我
有情，他们的仇孽就害不到我的分毫。

自剖·翡冷翠的一夜

朱

我可是再也不愿他们在这里见到你。

罗

我穿着黑夜的袍服，他们再不能见我，
况且只要你爱我，他们找到我又何妨？
我的命，有了你的爱，送给他们的仇恨
还不强如死期的延展，空想着你的爱。

朱

是谁指点了你来找到我这里的住处？

罗

爱指点我的，他打起始就鼓动我根究：
他给我高明的主意，我借给他一双眼，
我没有航海的能耐，可是如果你远得
如同那最远的海所冲洗的阔大边岸，
我为了这样的宝物也得忘命去冒险。

朱

你知道夜的幕纱是笼罩在我的脸上，
要不然，知道你听到我今夜说过的话，
一个处女的羞红就得涂上我的脸庞。
我何尝不想顾着体面，何尝不想否认
我说过的话？但是够了够了你的恭维！
你爱不爱我？我知道你一定急口说"爱"，
我也愿意信你的话；但如果你一起誓，
你也许结果会变心，听到情人的说谎，
他们说，觉巫大声笑，啊温柔的罗米欧，

你爱我如果是真心，请你忠诚地说出口；
再说如果你想我是被征服得太轻易，
我就来皱起眉头，给你背扭，说我不干，
这样你再来求情，但除此，我再不刁难。
说实话，秀美的孟秦谷，我心头满是爱，
因此你也许以为我的举止未免轻狂；
但是信任我，先生，信任我这一份真心
正比一般装腔作样的更要来得晶莹。
论理我不该这样直白，这不是我始愿，
但我自己不曾知觉，你已然全盘听得
我的真诚的爱恋的热情；所以宽恕我，
请你不要把我这降服认作轻飘的爱，
要不是黑夜这份心事怎能轻易遗漏？

罗

小姐，请指那边圣净的月色我来起誓
那月把纯银涂上了全圃果树的顶尖——

朱

啊！不要指着月儿起誓，那不恒定的月，
她每晚上按着她的夭轨亮她的满阙，
正怕你的爱到将来也是一样地易变。

罗

那叫我凭什么起誓？

朱

简直的不用起誓；
不然，如果非得要，就凭你温雅的自身，

自剖·翡冷翠的一夜

那是我的偶像崇拜的一尊唯一天神，
我准定相信你。

罗

如果我的心里的爱恋——

朱

得，不要起誓了：虽则我见到你我欢喜，
今晚上我可不欢喜什么契约的缔合，
那是太卤莽了，太不慎重了，也太快了，
太像那天边的闪电了，一掣亮，就完事，
等不及你说"天在闪电"。甜蜜的，夜安吧！
这个爱的蓓蕾，受了夏的催熟的呼吸，
许会在我们再见时开成艳异的花朵。
夜安，夜安！我祝望一般甜蜜的安息与
舒适降临到你的心胸如同我有我的！

罗

啊，难道你就这样丢下我不给我满足？

朱

那一类的满足你想在今晚上向我要？

罗

你的相爱的忠贞的誓言来交换我的。

朱

我早已给了你那时你还不曾问我要，
可是我也愿意我就重来给过一次。

罗

你要收回那先给的吗？为什么了，亲爱的？

248

朱

无非为表示我的爽直，我再给你一次。

可是我想要的也无非是我自己有的。

我的恩情是如同大海一样无有边沿，

我的爱也有海样深；更多的我施给你，

更多的我自有，因为两样都是无限的。

（奶妈在幕后叫唤）

我听得里面有人叫我；亲爱的再会吧！

来了；好奶妈！甜蜜的孟秦谷，你得真心！

你再等我一会儿，我就回来，还有话说。

罗

啊！神圣的神圣的夜！我怕，怕因为是夜，

这一切，这一切难说竟是一场的梦幻，

这是甜蜜得叫人心痒，如何能是真实？

（朱丽叶重上）

朱

再说三句话，亲爱的罗米欧，你非得走，

如果你的情爱的倾向是完全光明的，

如果你志愿是婚姻，你明天给我回话，

我会派人到你那里去，你有话交给他，

说清白了在哪儿什么时候举行大礼，

我就把我一切的命运放在你的跟前，

从此跟从你，我的主，任凭是上天下地。

奶

（内）姑娘！

自剖·翡冷翠的一夜

朱

我就来了，一忽儿。——但是如果你本无意，

那我求你——

奶

姑娘！

朱

稍为等一等我就来了，——

立即收起你的心肠，让我独自去悲伤：

明天我就派人。

罗

让我的灵魂借此惊醒——

朱

一千次的夜安！

罗

　　一千次的夜不安，没了你的光亮。爱向着爱如同学
童们离别他们的书本，但相离，便如同抱着重书上学。

朱

吁！罗米欧，吁！一个养鹰人在呼啸，

为要从天上招回这"流苏温驯"的苍鹰！

束缚的嗓子是嘶哑的，它不能说响；

否则我就会打开"爱姑"藏匿着的岩穴，

使她震动太空的妙舌也帮着我叫唤，

叫我的罗米欧，直到她的嗓子哑过我的。

罗

是我自己的灵魂在叫响着我的名字：

夜晚情侣们的喉舌够多么银样鲜甜，
错落在倾听的耳鼓上如同最柔媚的
音乐！

朱

罗米欧！

罗

我的爱？

朱

明早上什么钟点
你让我派人上你那里去？

罗

正九点钟。

朱

我准不耽误：从现在到明早中间相差
足有二十个春秋。我忘了为什么叫你
回来。

罗

让我站在这里等你记起什么事。

朱

我记不起不更好，你就得站着等我想。
你知道有你在跟前我是怎样的心喜。

罗

我也甘愿这样耽下去，任凭你想不起，
忘了你别的家除了我俩共同的月夜。

自剖·翡冷翠的一夜

朱

真的都快天亮了，我知道你早该回去：

可是我放你如同放一头供把玩的鸟，

纵容它跳，三步两步的，不离人的掌心，

正像一个可怜的囚犯带着一身镣铐，

只要轻轻地抽动一根丝他就回来，

因为爱，所以便妒忌他的高飞的自由。

罗

我愿意我是你的鸟。

朱

蜜甜的，我也愿意：

但正怕我爱过了分我可以把你爱死。

夜安，夜安！分别是这样甜蜜的忧愁，

罗

让睡眠祝福你的明眸，平安你的心地！

愿我是你的睡眠和平安，接近你的芳躯！

现在我得赶向我那鬼样神父的僧房，

去求他的帮助，告诉他这意外的佳遇。（下）

奥文满垒狄斯的诗

（Owen Meredith 是英国维多利亚时代的一位诗人，他的位置在文学史里并不重要，但他有几首诗却有特别的姿趣。我下面翻译的一首 The Portrait 是在英国诗里最表现巴黎堕落色彩——"Blase"的作品，不仅是悲观，简直是极不堪的厌世声，最近代放纵的人道——巴黎社会当然是代表——一幅最恶毒的写照。满垒狄斯的真名是 Bulwor Lytton，他是大小说家 Lord Lytton 的儿子。）

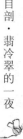

自剖·翡冷翠的一夜

小影 (The Protrait)

半夜过了，凄清的屋内
无有声息，只有他祈祷的音节；
我独坐在衰熄的炉火之边，
冥念楼上我爱的妇人已死。

整夜地哭泣！暴雨虽已敛息，
檐前却还不住地沥淅；
月在云间窥伺，仿佛也悲切，
满面苍白的神情，泪痕历历。

更无人相伴，解我岑寂，
只有男子一人，我好友之一，
他亦因伤感而倦极，
已上楼去眠无音息。

悄悄的村前，悄悄的村后，
更有谁同情今夜的惨剧，
只有那貌似拉飞尔的少年牧师，
她去世时相伴同在一室。

那年轻的牧师，秉心慈和，
他见我悲愁，他也伤苦；
我见他在她临死的祈祷，
他亦阵阵变色，唇颤无度。

我独坐在凄寞的壁炉之前，
缅想已往的欢乐，已往的时日；
我说"我心爱的人已经长眠，
我的生活自此惨无颜色。"

她胸前有一盛我肖像的牙盒，
她生时常挂在芳心之前——
她媚眼不厌千万遍地瞻恋，
此中涵有无限的温情绻缱。

这是我宝物的宝物，我说，
她不久即长埋在墓庭之侧；
若不及早去把那小盒取出，
岂非留在她胸前，永远埋没。

自剖·翡冷翠的一夜

· 255 ·

我从死焰里点起一盏油灯，
爬上楼梯，级级在怖惧颤震，
我悄步地掩入了死者之房，
我爱人遍体白衣，僵卧在床。

月光临照在她衣衾之上，
惨白的尸身，无声静偃，
她足旁燃有小白烛七支，
她头边也有七烛燃点。

我展臂向前，深深地呼吸，
转身将床前的帐幔揭开；
我不敢直视死者之面，
我探手摸索她心窝所在。

我手下落在她胸前，啊！
莫非她芳魂的生命，一度回还？
我敢誓言，我手觉着温暖，
而且悚悚地在动弹。

那是只男子的手，从床的那边，
缓缓地也在死者胸前移转；
吓得我冷汗在眉额间直沉，
我嚷一声："谁在行窃尸身？"

面对我，烛光分明地照出，
我的好友，伴我度夜的好友，
站立在尸身之畔，形容惨变；——
彼此不期地互视，相与惊骇。

"你干什么来，我的朋友？"
他先望望我，再望望尸身。
他说："这里有一个肖像。"
"不错有的，"我说，"那是我的。"

"不错你的，"我的好友说，
"那肖像原是你的，一月以前，
但已仙去的安琪儿，早已取出，
我知道她把我的小影放入。"

"这妇人爱我是真的。"我说。
"爱你，"他说，"一月以前，也许。"
"那有的事，"我说，"你分明说谎。"
他答："好，我们来看个明白。"

"得了，"我说，"让死的来判决，
这照片是谁的就是谁的，
如其恋爱的心意改变，
你我谁也不能怨谁。"

自剖·翡冷翠的一夜

那相盒果然还在死者的胸前，
我们在烛光下把盒子打开，
盒内宝石的镶嵌，依然无改，
但只肖像却变成非我非他的谁。

"这钉赶出那钉，真是的！
这不是你也不是我，"我嚷道——
"却是那貌似拉飞尔的少年牧师，
他独自伴着她离生入死。"

（十二年六月十日）